九歌少兒書房

行政院文化建設委員會指導

本書榮獲第 15 屆現代少兒文學獎文建會特別獎

帶著阿公走

鄭丞鈞著　貝果圖

評審委員推薦

張子樟：

親情濃烈的好作品。作者藉敘述者「我」與阿公的互動，詳盡描繪臺灣快速變遷對家庭結構的衝擊。祖孫兩人相處由疏入密，阿公外出探視他姊姊孫子生活現況的描述最為感人。作者在刻畫親人之間的感情，不著痕跡，拿捏得恰到好處。

桂文亞：

清新、溫暖、風趣，是一篇樸實感人，筆法亦散文亦小說的作品。

作者選擇了親切的鄉土題材，循序漸進輕描淡寫三代情，人物雖單純，卻處處見趣味，特別是人物形象的塑造：勤奮執著的阿公、智能不足的小叔、有孝心的爸媽，甚至是小偷、兇巴巴阿婆，都在「我」的生動敘述下，傳遞了很多別有深意的人生訊息。

馮季眉：

許多孩子成長在小家庭，隔代親情難免比較淡薄。「我」和阿公之間也是如此。不過，因為阿公受傷，「我」正好放暑假，就被爸爸派去照顧阿公。原本的客氣隔閡，在朝夕相處中化解，「我」對阿公和家族史，也有了更多的認識。故事味道淡，卻有餘韻；文字風格平實，卻與所書寫的人物、背景、主題十分契合，溫馨感人。

單純的閱讀樂趣（自序）

很感謝九歌及文建會能持續不間斷的舉辦這個獎項，能得這個獎，感覺很被「呵護」，很被鼓勵，就好像被一位關照自己的長輩，笑著拍了拍肩膀鼓勵著。

從小就喜歡看故事，因為「積習已深」，到現在幾十歲了，仍是固執的在找尋好看的故事來讀。多年前因緣際會的到臺東師院修習兒童文學，文學的天地何其寬

廣，許多同學盡興的在班上或校園談詩論文，或見獵心喜的選讀圖畫書或兒童戲劇等課程，只有我——似乎成了旁觀者，只知執拗的將自己限定在小說的世界裡。

這樣的氣度是小家子氣了一點，只是小時那種美好的閱讀感覺影響我太深了，那種屏氣凝神、耳根發熱、臉龐脹紅的追著故事情節的感受，實在太令我難忘了，為了繼續擁有那種單純的閱讀樂趣，我成了閱讀上「偏食」的人。

不過看故事和寫故事是不同的，當一位讀者，我可以像一位趾高氣昂的國王，霸道的選擇這本書，或是挑剔的嫌棄那本書，但做為一位還不算出色的作者，我

卻會「氣餒」的縮成一位小矮人。可能是從小不斷閱讀所謂的「世界名著」、「兒童文學傑作」，以及題材多元、內容活潑的「王子小說叢刊」，我深知自己的能耐，也大概知道自己的故事與它們相差在何處。

所以得這個獎，雖然相當的高興，但也不敢將尾巴翹得老高（屬猴的我也進化成沒尾巴可翹了），心裡充斥著最多的就是感謝，謝謝爸爸媽媽在我小時就讓我隨心所欲的買書，讓居住在東勢小鎮的我，能「鯨吞」很多的故事；也謝謝評審的青睞，對我「循循善誘」，連續給我獎勵及鼓勵。

至於這篇故事，為了想寫得特別一些，我於是將許

多平日所見所聞，心有所感的材料，全摻雜在一起。甚至為了「考據」，我和太太還多次利用假日，特地將車子停在火車站旁的停車場，然後帶著「不食人間煙火」，患有唐氏症的大兒子，以及「不知民間疾苦」，一天到晚吵著買玩具的小兒子，坐火車到彰化、到員林、到後龍等地實地探查。

只是故事寫出來後，我太太卻說沒有去年那本《我的麗莎阿姨》(註)好看。她說去年那本讓人欲罷不能，想一口氣一次讀完，但今年這個故事，隨時中斷休息都沒關係。

她的話滿有哲理性的，不管日後有沒有機會找到小

讀者，對我所寫的故事進行「實驗組」、「控制組」的比較，我仍會不斷的思索她所說的這些話，我想應該可以從其中頓悟到許多的。

註：《我的麗莎阿姨》獲第十四屆九歌少兒文學獎評審獎，列「九歌少兒書房第四十集」。

主要人物介紹

阿公

一位住在客家莊的退休老農民，年紀雖大，但仍身強力壯，而且還有些固執，為了緬懷過去，他不斷的在家中牆壁上繪出從前所見過的人、事、物……

詹佑全

故事中的「我」，因阿公手受傷，所以被爸爸送至鄉下照料阿公，個性「逆來順受」，所以很快被阿公賦予各項重責大任，帶著阿公出遠門找故舊就是其中一項任務。

小叔

阿公最小的兒子，也是詹佑全

的叔叔，年已四十，但因智能不足，所以阿公一直將他帶在身邊，小叔每天在村莊裡閒蕩，日子過得最是悠閒。

爸爸

阿公的第三個兒子，也就是詹佑全的父親。「爸爸」在離鄉下「老屋」十餘公里遠的豐原廟東做蚵仔煎生意，是阿公四個兒子當中最孝順父親的一位。

媽媽

詹佑全的母親，她跟著先生一同做生意、照顧家中的長輩，雖然偶爾有自己的想法，但仍以先生的意見為主，是位很典型夫唱婦隨的臺灣婦女。

土狗：

阿公所飼養的狗，在阿公的眼中，牠只是普通的狗，但在詹佑全的眼中，卻是隻見風轉舵、狗眼看人低，且「人格」低下的狗。

目　錄 Contents

1. 年初一

大年初一一早，成串的鞭炮聲在鄉間四處響著，我挺著吃撐的肚皮，準備到屋外的曬穀場。

「等一下——」腳還沒跨出老屋的門檻，阿公搶先把我喚住。

「這是詹佑全！」阿公叫了我的名字。

「在這裡……」阿公說，他扶著牆壁，指著牆角處，對小叔說：

「看到沒有？他在這裡。」

小叔反應不來，茫然的四處查看。

「不要亂找！」阿公提高聲調：「在這裡，看到沒有？」

阿公是粗聲粗氣的田莊人，有時一急起來，聲音就會拉高。

「有，有，」小叔蹲著，口齒不清的喊著：「看到了，看到了。」

順著阿公斜下的指尖延伸出去，我見到我的名字工整的書寫在牆上，名字旁邊還畫了一個小小的人像。

「不太像，」小叔抬頭、低頭的把我和人像相互比較，「不太像。」

他說。

「怎麼會不像？」阿公蹲下身子，年歲已高的他，仍手腳俐落的在我的小人像頭上，用黑色蠟筆細細的畫了一個眼鏡框。

「這樣像了沒？」阿公瞪著小叔問，我見到他前額上，皺起幾道深刻的紋路。

「有，有，」小叔這下終於認同了，他說：「這樣就像了。」

我推推鼻梁上才剛配好的近視眼鏡，彎下腰仔細盯著代表我的小人兒。說真的，阿公還滿有繪畫天份的，見到小人身上的衣服、褲子，我馬上回想起那是一年前，在阿公家過新年時所穿的衣服。

不過我的小人並不孤單，除了我之外，還有數十個我幾乎不曾見過本人的人名、人像也被寫在、畫在牆上，那些都是家族裡的人。

從好多年前開始，阿公就用各色蠟筆將全家族的人，按照長幼順序，由上而下的畫在這間老屋的牆壁上。

牆壁最上端是阿公的祖父、祖母，祖父、祖母之下有七個人名及他們的配偶，七組人名之下又各有自己的子女繼續往下延伸……

一面牆壁畫完了，又接著另一面牆。除了人物，阿公也喜歡把雞呀、鴨呀等牲畜，或是蓑衣、打穀機等農具也畫上去，讓數十個色澤鮮明的小人，像生活在一應俱全的大農莊裡。

阿公對畫畫有天賦，他說只要見過的人，他就能抓住對方的神韻描繪出來。

不過除了神似之外，我還在我的小人像上聞到一股臊味。

那條名叫「土狗」的土黃色土狗，這時若無其事的翹著尾巴從我身後走過——我合理懷疑就是牠在上頭撒尿，那股難聞的味道，讓我更想到外頭透氣。

「阿公，我可以出去了嗎？」我小心翼翼的問。

「嗯，好。」阿公繼續教導小叔認得牆上的人像，他背對我揮揮手，表示沒我的事了。

出門後心情好多了，屋外陽光燦爛，我直挺挺的站上屋前那一小塊「碩果僅存」的曬穀場，像一片久未被太陽照射的太陽能電池板，貪心的想把所有能量一下就蓄積起來。前一波的寒流把大家都凍壞了，我希望那一大片從天上直灑下來的陽光，能讓我暖和的撐過這個

冬天。

屋前的曬穀場原本很寬敞，爸爸說他小時候曾在曬穀場「辦桌」過好幾次，還搭戲臺請人唱戲，風光又熱鬧。但現在的曬穀場，只剩約六、七公尺寬，其他都被鎮公所徵收並闢成大馬路了。

以前的風光我體會不到，我只知道我在進行「光合作用」的同時，土狗又理所當然的走進這塊水泥地。牠刻意與我保持一段距離，然後臥躺下來，眼睛則滴溜溜的注視我的一舉一動。從幾年前阿公開始收留牠，我就覺得牠對我不是很友善。

我皺眉和土狗對視了一會兒，才聽到後面傳來爸媽的聲音，他們

正在屋簷下和阿公話別。小叔也跟在一旁湊熱鬧，他一笑臉上就堆滿了肉，像尊彌勒佛似的，他是爸爸的弟弟，已經四十歲了，我都叫他「小叔」。

該是離開的時候了，可是爸爸交代的話語還是一講再講。

「爸，有什麼事就打電話來。」爸爸說。

「好，好，你車開慢一點。」阿公緩緩的回應。

「嗯，嗯。」爸爸用力的點頭。

大家靜默了三秒鐘，媽媽這時插上一句：「爸，碗我都洗好了，電鍋還有飯，菜也還沒吃完，中餐就不用再煮了。」

阿公又「好，好，好」的一直答應。

每年大年初一阿公都遵從祖先流傳下來的習俗，拜天公，吃早齋。爸爸說吃素容易餓，要多吃點，結果我把一堆的乾飯、沾橘醬的燙高麗菜、醬瓜、麵筋、豆腐乳全都倒到肚裡去，讓肚皮比平時更鼓脹了一倍。

最後實在沒話講了，爸爸才拍拍小叔的肩頭，說：「爸就讓你來照顧了。」

身材粗粗短短的小叔，忙不迭的點頭，用不甚清晰的口吻，認真的說：「好，好。」

然後爸爸才領著我和媽媽坐上停在曬穀場的廂型車。

我們昨天傍晚才到爸爸的老家

——「石角」這鄉下地方，和阿公吃年夜飯，過除夕夜，不過才停留十二小時左右，今早又必須趕回豐原了。

我們住豐原市，阿公和小叔住石角鄉下。爸爸在豐原廟東小吃街賣蚵仔煎，生意興隆，但也競爭激烈，爸爸每天在店裡招呼客人，還親自到市場挑選新鮮的蚵仔和空心菜，為了贏得好口碑，也為了打敗斜對面那家專被新聞報導，紅透半邊天的蚵仔煎小吃攤，爸爸說他必須這麼的努力。

爸爸發動車子引擎，我從車窗往外看，見到小叔用力的揮手和我

們說再見。曬穀場的中間處，我原本站立的地方，已被土狗盤據住，原來牠是因為地盤被我佔據，才那麼不甘心。

爸爸把車子一迴轉，大家齊聲喊：「再見——」，阿公和小叔還走到馬路邊送我們離去。

石角距豐原才十多公里遠，開車最多四十多分鐘就到了，實在不需要這麼感傷，我猜想可能是爸爸覺得年初一就把阿公孤零零的丟在鄉下，於心不忍吧。

爸爸有三兄弟，大伯定居國外，很少和大家聯絡，上次他難得回臺灣，一下飛機後，竟是忙著看牙齒，做身體檢查，他說臺灣的健保看病很便宜，得好好利用一下。二伯在臺北工作，趁著新年連假，帶著全家到國外旅遊去了。爸爸排行老三，底下的弟弟，也就是我的小叔，因為患有唐氏症，智能不足，阿公從小到大都將他帶在身邊，阿媽去世後，和阿公「相依為命」，同住在一起的親人，就只有他了。

路上不太有車，爸爸平順的催著油門，一下就駛離石角老屋。我心裡盤算著該怎麼花用昨晚拿到的壓歲錢。年前在店裡幫忙了好多天，爸媽在紅包裡多放了幾張鈔票，「利誘」我過年期間繼續幫忙，不過我已和同學約好，下午到臺中看電影，所以今天向爸爸告假半天，過年時出去跟同學玩一個下午，我想這應該不過份吧！

外頭陽光耀眼，從車裡往外看，感受不到一絲寒意，我瞇起眼睛，右手輕拍口袋裡的紅包，覺得春天真的快來了。

2. 勤快的阿公

爸爸之所以還放心的將阿公一個人留在鄉下，是因為阿公年過七十身體還很硬朗，不僅無痛無病，還時常騎腳踏車到豐原看我們。

從石角到豐原，騎十多公里？沒有錯，而且為了準備晚飯給小叔吃，阿公還堅持當天來回。

今天早上九點多，阿公又騎車到我們家了。

我很少回石角老屋看阿公，反倒是阿公來看我們的次數比較多，從上次過年到這次暑假，過了大半年，我只在清明掃墓時去一趟。爸爸比我們更常回石角，但因為店裡要忙，大都只待半天就回來。每次回去，爸爸都會順道檢視老屋的狀況，並處理一些簡單的水電問題。

今天阿公風塵僕僕的一出現在店門口，媽媽依慣例立刻喊起：

「爸！你來囉。」

除了讓阿公知道他是受歡迎的之外，媽媽也藉此知會大家阿公來了。

阿公的出現我們已習以為常，阿公也同樣把這裡當成自己家。

「這青菜給你們！」我聽到阿公大聲的對媽媽說，他一直都是這麼大剌剌的。

每次來豐原，阿公都會帶幾把青菜過來，都是他親手栽種的。和爸爸精心挑選的空心菜或小白菜相較，阿公種的青菜又瘦又小，上頭還常有蟲吃的破洞，但阿公才不管這些，他覺得這是一番好意，我們必須無條件接受。

「阿公！」我喊了一聲，眼睛仍盯著螢幕，手上緊捏電視遊樂器的控制器。

「不要看太久喔，眼睛要休息一下。」阿公說。

「嗯！」我用鼻音回應，現在客人少，我才能獨佔店裡的電視，等十點左右，就得撤機了。

阿公對電視遊樂器沒多大興趣，他脫下拖鞋「咚咚」的爬到樓上，過了一會兒，又「咚咚咚」的

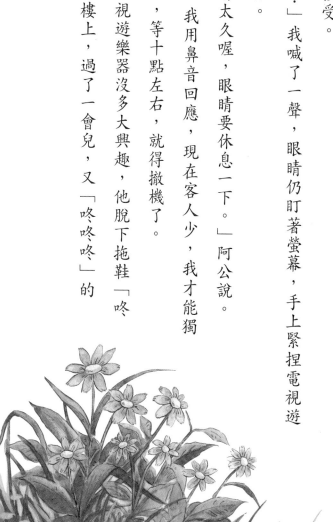

從樓上下來，手上已多了兩包垃圾。

阿公做事迅速、俐落，有時還稍稍性急了些。

「爸，不好意思啦！」媽媽見狀又喊了起來。

「沒關係。」阿公說，順道彎腰收拾一樓的兩個大垃圾桶。大家已知道要留一點事情給阿公做，否則他會心裡不舒服，認為自己幫不上什麼忙。

「我知道這些要分類，我們石角也有做。」阿公將圾垃埇裡的瓶罐撿出，一堆堆的分好、裝好。

差不多十點時，巷口傳來垃圾車播放「少女的祈禱」的樂聲。阿公立刻拎起五、六包垃圾，像隻企鵝般的左搖右擺走出去。

「阿全——」爸爸瞪了我一眼。

百貨行
炸雞排
冰果室
傳統古早味
紅豆湯
35元

「知道了。」我按下暫停鍵，意猶未盡的離開圓凳。

「阿公，我幫你。」我對著阿公的背影喊著。

垃圾倒完，阿公又拿條抹布東抹抹西擦擦的，上門的客人越來越多，阿公自認自己是個田莊人，應付不來，乾脆先躲到廚房後頭與我一同吃飯。

這時才十一點初，我早上起床得晚，中餐還不太吃得下，白飯是

有一搭沒一搭的扒到嘴裡。

阿公饒富興味的盯著我，剛開始我還不以為意，最後實在忍不住問了：「阿公，你幹嘛一直看著我？」

「沒啦。」阿公說：「你最近有長大了一點。」

「是變帥還是變好看了？」我故意問

「都有啦，而且變得比較大人樣了。」

我想不出如何接續，兩人的對話戛然而止，停了大約三分鐘，阿公突然問：「咦，今天禮拜幾，你怎麼沒去上學？」

「阿公，」我無奈的喊著：「現在放暑假，不用上學。」

「原來是這樣。」

阿公點完頭，我們倆的對話又中斷了。阿公雖然有些固執，但其

實還滿健談的，不過奇怪的是，我和他卻少有共同話題可說，和他對坐吃飯，我都會比平常更安靜些。

用完餐，阿公到樓上休息、睡個午覺，我在一樓店面幫忙。爸爸在大煎爐前打蛋、放蚵仔、倒太白粉、放青菜、淋醬汁，我和媽媽以及請來的阿姨，負責將一盤盤煎好的蚵仔煎、蝦仁煎分送給客人。爸爸已開始在夜深人靜時，拉下鐵門私下傳授我煎蚵仔煎的密技，我學得很快，因為煎得不好的蚵仔煎必須由我吞下肚，不過爸爸還不敢讓我主廚，怕客人見了沒信心。

下午兩點，阿公又「咚咚咚」的從樓上下來，他

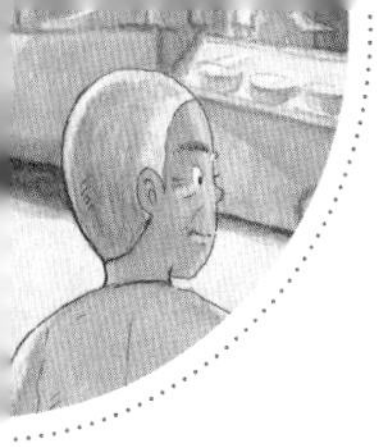

先幫忙清理幾桌客人剩下的餐盤後，就牽著腳踏車跟大家道別了。從下午一直到晚上，客人不斷湧入，大家像陀螺一樣的轉進轉出，忙個不停，等到快收攤時，爸爸才突然驚覺的喊道：

「阿公是哪時候回去了？」

問來問去，沒一個人能確定阿公是幾點幾分離開的。

類似「一問三不知」的事件偶爾就會發生，阿公神不知鬼不覺的消失無蹤，我和媽媽都習以為常，只有爸爸一直無法等閒視之。

3. 阿公摔傷了

暑假才過不到一半，阿公竟騎車摔傷了。原本以為暑假是日復一日的在店裡幫忙，阿公的受傷，讓我的假期有了戲劇性的變化。

阿公常騎車來回石角和豐原，爸爸一直擔心路上車輛多，而且老人家反應較慢，萬一有個閃失那還得了。但阿公就是堅持，他說以前在山上種香蕉，兩肩挑著重擔走十幾公里都沒問題，現在不過是換騎腳踏車而已。不會騎摩托車也不會開車的阿公，不理會爸爸的勸告，

一個星期有一到兩天，騎著十餘年歷史的老鐵馬，送菜到豐原給我們，然後又堅持在下午時分，騎回石角老屋做晚餐。

結果今年暑假，爸爸的掛念竟一語成讖，阿公騎車到豐原的途中，發生了車禍。

接到警察局的來電，爸爸丟下好幾桌「嗷嗷待哺」的客人，馬上趕過去。

阿公被救護車載到署立豐原醫院救治，他是被一輛急駛在機車專用道上的計程車嚇著，然後一時龍頭不穩，就這麼連人帶車的摔倒在馬路上。

老人家的骨頭脆，阿公倒下時先用右手肘撐地，結果右手摔斷，必須包上一個月的石膏進行治療。

阿公在醫院待了兩天，就可出院回家靜養，只是慣用的右手被限制住，讓阿公的生活起居有很多不便。

爸爸在阿公身邊隨侍在側，他在石角住了兩天，印證了我這初出茅廬的毛頭小子，根本擔不了大梁，店裡的事，用雞飛狗跳還不足以形容。

媽媽打了通電話給爸爸，說：「這樣不行，店裡忙不過來，可不可以利用空檔回家幫忙？」

結果爸爸豐原、石角兩頭跑，整個人簡直快累癱了，他對媽媽說：「這樣也不行，萬一我有個閃失，那情況不是更糟嗎？」

趁著空檔，媽媽將我和爸爸一起拉過來會談，她問爸爸：「要不要把爸爸接到豐原來住？」

「他會住不慣，」爸爸說：「老人家喜歡住鄉下，城裡他住不慣，以前就提過了。」

「就只要一個月而已，請爸爸忍耐、忍耐吧。」

「那阿凱呢？」爸爸問，阿凱就是小叔，他的問題也是一個問題。

「也一起過來住。」

「不可能的，又不是沒來住過。豐原不是鄉下，他只要出門就一定迷路，你忘了他那次在豐原走丟，爸爸急得跟什麼似的。」

「那就把他關在家裡。」

「怎麼可以，」爸爸有點生氣的說：「又不是關狗。」

「哎呀，不是這個意思。」媽媽急欲澄清：「我只是要小叔盡量不要出門，在家裡活動就好了。」

「不可能的，他平常自由慣了，在家裡哪待得住的。」

說得也是，我心裡想。鄉下的人都認得小叔，小叔也幾乎認得大家，他平常習慣一早就出門，然後在小村莊裡到處逛，一直到肚子餓了，才知道要回家吃飯。上一次小叔到豐原來住，結果人生地不熟，

不到一天的功夫他就走失，害得爸爸和阿公不斷的跑警察局拜託幫忙，著急了兩天兩夜，最後才盼到小叔平安的被警車送回。

「那要怎麼辦？」媽媽又把問題拋回給爸爸：「店裡臨時找不到可靠的人幫忙，你自己也覺得兩邊跑身體負荷不了。」

「阿全，你覺得呢？」爸爸看向我，詢問我的看法。

我聳聳肩，抿嘴不敢提意見，最近幾天幫不了什麼大忙，我真覺得自己人微言輕，一定說不出什麼好辦法。

「還是拜託爸爸到豐原住吧。」媽媽說：「每天豐原、石角來回跑，豐原客運的司機也沒像你這麼勞累。」

爸爸搖搖頭，說：「先跟臺北的二哥商量，問他看看有什麼更好的點子。」

結果電話一談完，爸爸先是長嘆了一聲。

「唉——」爸爸說：「二哥要我自己處理，他說最近國稅局很忙，假日都在加班，沒空下來探視爸爸。」

媽媽酸溜溜的說：「二哥官做得越大，越不記得自己以前也是在鄉下長大的。」

「職位做得越高，要負的責任越重。」爸爸說。

「他要我們負責照顧爸爸，那他有沒有贊助一些——」

「喂，別說了，」爸爸制止了媽媽：「爸爸把我們養到

這麼大，談這個幹嘛，我們又不是沒能力出這些錢……」

「可是——」媽媽有點睹氣的意味。

爸爸又立刻制止了媽媽，他說：「不過二哥提出一個建議，不知道可不可行……」

剛巧一位客人進來想打包四份蚵仔煎，我走上前，拿起鐵板「喳喳」的炒了起來。說真的，爸爸「家傳」的蚵仔煎口味我已拿捏得出來，現在只差我還不夠高、不夠壯，還沒有個「大人樣」。那位胖胖的客人一見我掌廚，眼睛不放心的咕嚕咕嚕的在我身上轉，最後幸好沒多說什麼的提了塑膠袋就走。

結完帳，我混身熱汗的退回到剛剛談話的圓桌，卻發現爸媽已散去忙自己的事，爸爸這時又準備到石角了。

4. 帶走阿公

過了兩天，爸爸決定將阿公的事做一個明快的處理。他先和阿公溝通了許久，最後獲得老人家的同意，願意在豐原住一陣子。

阿公原本老大不願意，但爸爸舉了媽媽的比喻——他說他每日數次來回石角和豐原，豐原客運的司機都沒他跑得這麼勤快。

豐原客運每天有好多班次從鄉下發車到豐原、臺中，阿公聽了這比喻，終於答應了。

為了到石角帶回阿公，我們全家總動員，爸爸難得的將店門拉下，休息一天。斜對面那攤賣蚵仔煎的老闆，見到爸爸將「本日休息」的小告示牌掛在鐵捲門上，嘴邊馬上露出詭異的訕笑，還故意對我擠眉弄眼的。我低聲叫爸爸留意，但他一副憂心忡忡的模樣，根本沒注意到我的提醒。

一樣是坐那部破舊的廂型車到石角，沿途爸媽都很安靜，我在後座識相的看著窗外的稻田和緩丘，不打擾他們。到了石岡，爸爸望了望那些穿紅著綠，在觀光自行車道上騎

腳踏車的遊客，開口對我說：

「等一下有機會也幫我勸一下阿公……」

「不是已經講好了？」我說：「阿公不是說好到豐原住了嗎？」

「還沒，」媽媽說：「等一下你就知道了。」

「你自己見機行事，能幫就幫一下。」爸爸慢慢的說，好像對我沒多大的期望。

車裡又寂靜下來，我丈二金剛摸不著腦袋，一點頭緒都沒有，可是就是沒人繼續給我提示。

到了老屋，爸爸一停好車，土狗就搭著舌頭出來迎接爸爸，牠照例瞧都不瞧我一眼。

接著阿公也從屋裡走出，他右手的繃帶和石膏白晰耀眼，讓人無法不注意到他受傷的地方。除了右手外，阿公腳上及其他地方也有擦傷的痕跡，但都不嚴重。

「阿凱呢？」爸爸問。

「在屋裡，」阿公露齒而笑：「他一早就想出去玩，我不肯，結果生氣鬧彆扭。」

「爸，行李是不是在房間？我去拿。」沒等阿公回答，媽媽逕自進了屋裡。

「爸，」爸爸看了我一眼，深吸了口氣，說：「我想阿凱還是不要跟著我們住豐原好了。」

「那他要住哪裡？」阿公收斂起笑容，警覺的問。

「他自己沒辦法在石角過日子，在豐原也會迷路。」

「然後呢？」

「嗯……」爸爸沉吟了一會兒，還望向土狗，好像想從牠那裡得到加持。

「有話快說，不要吞吞吐吐。」阿公逼著爸爸問，我只知道阿公有些頑固，但沒見過他這麼咄咄逼人。

「我想下午帶他去彰化。」

「去那裡幹嘛？」阿公語氣硬了起來。

「呃……彰化那裡有一間天主教修女辦的教養院，專門收留像阿

凱那樣的人，」爸爸指指額頭上的汗，繼續說：「我請朋友向裡面的修女拜託，讓阿凱住一個月，一個月後你拆石膏了，我再把阿凱接回來……」

爸爸話還沒說完，阿公就大聲了，原本黝黑的臉龐，也轉成暗紅色，阿公生氣了：「像阿凱那樣的人？阿凱像誰，你說？人就是人，哪有什麼像阿凱那樣的人？」

「可是這樣對阿凱、對我們都是最好的啊。」

「哪裡好，你說？」阿公簡直快跳了起來：「他是你親弟弟啊

——」

「我知道，」爸爸忍不住聲音也大了，他說：「我都打聽過了，那裡的修女很有愛心，環境也很好……」

「不要騙我啦！那樣的地方我又不是沒看過，他們都把人像狗一樣關起來，一進去就永遠出不來！」

「不是的，現在跟以前不一樣了。」爸爸急著辯解。

「不要騙我啦，你們只是想省事而已，如果那地方不錯，那你們為什麼不去住？全家都去住好了。」

「爸——」

「不要再說了！自己的親弟弟都不顧，還說為他好！」

媽媽這時剛巧把行李提出來，阿公見狀，用左手搶回了一個袋子，他氣沖沖的說：「今天我和阿凱哪裡都不去，你們也不用來照顧我了！」

「爸——」媽媽試著輕輕呼喚阿公，但阿公一樣不理會，他提起行李調頭走回屋裡。

「怎麼辦？」媽媽問爸爸。

「唉，」爸爸嘆了口氣，雙手一攤的說：「能怎麼辦？」

「從沒見爸這麼生氣過。」媽媽說。

「我也不知道他會那麼生氣，原本以為多解釋一下，他就會勉強同意的。」

「對啊，只是讓小叔暫住一個月而已，又不是一去就不回來了。」

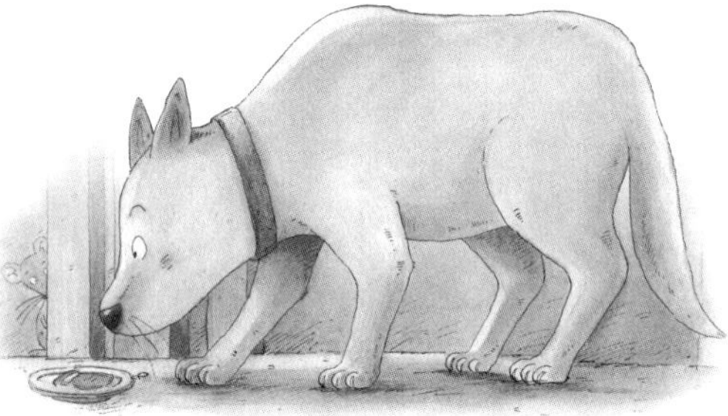

「他就是擔心會這樣，再繼續想辦法吧，現在先讓爸爸心情舒緩。」

爸爸說完，與媽媽一前一後進到屋裡。

剛剛爭執時，我在一旁看傻了。我想跟進屋裡去，但怕沒人招呼，杵在裡頭覺得尷尬；但如果不進去，又怕漏看了「續集」，待會兒會對不上劇情發展。

我遲疑不決，兩頭為難時，突然覺得大熱天裡怎麼背後一涼——我趕快扭頭往後看，正巧見到土狗趴在曬穀場陰涼處，斜著眼監控著我……

當天爸爸就把阿公安撫好，而且順從的讓阿公和小叔繼續住石

角。我敢打包票，爸爸是個孝順的兒子，至少和大伯、二伯相較起來，他絕對孝順得多了。

不過對爸爸來說，問題並未解決。為了讓阿公心情平復，我們一整天都待在石角，吃過晚餐，阿公坐在電視前，觀看閩南語發音的臺灣民間故事單元劇，阿公在鄉下都說客家話，但閩南語劇似乎比國語劇更吸引他。

小叔拉了張小板凳坐在阿公的壁畫前，他把土狗拖過來，以阿公教他的方式，在土狗鼻尖前不斷來回點指，訓練牠認識壁畫上的小

人。

「這是詹佑全。」小叔指著我的臉。

「這也是詹佑全。」小叔又指著牆壁上代表我的小人。

土狗不耐煩的想把頭撇開，但小叔厚實的手掌緊緊捏住牠的臉頰，逼牠向前看。

「不可以亂動！」小叔模仿阿公的語氣訓斥土狗：「眼睛看前面！」

我發現壁畫上的小人依舊色澤鮮豔，一點褪色的跡象都沒有，阿公一定是常幫它們潤飾。

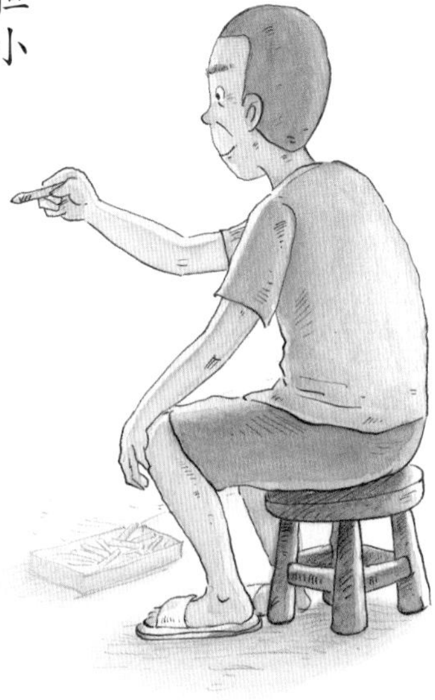

至於爸媽兩人，則遠遠的分坐在窗戶下的兩張舊太師椅上，他們窸窸窣窣的討論，眼睛還不時瞟向我這裡。

我想起老師說的「東窗事發」典故，覺得他們倆坐在窗邊交頭接耳的模樣，像極了在東窗下，密謀陷害岳飛的秦檜夫婦。

安頓好阿公及小叔就寢後，爸媽才帶我離開石角。

在車上，媽媽突然關心的問我這個暑假過得如何？

「無聊得要死。」我有話直說：「每天待在店裡幫忙，有夠悶的。」

「你那些好朋友呢？」

「偶爾有聯絡，不過他們都知道我要幫家裡，所以不太敢打擾我。」

「這樣子啊……」爸爸一手握住方向盤，一手摩挲下巴的鬍渣，若有所思。

回到豐原已接近十一點，我暑假時可以偷懶晚起，但入睡時間絕不能拖延。爸爸一停好車，我昏昏欲睡的打開車門，拖著沉重的雙腿，爬上二樓就寢。

第二天一早，爸爸把我叫醒，我睡眼惺忪的問他，為何這麼早就把我叫起。

爸爸說：「從今天開始，你到石角陪阿公住一個月。」

5. 跟著阿公走

這個決定讓我立刻驚醒，雖不是晴天霹靂，但也夠讓人震驚的了。

不等我回應，爸爸馬上又說：「早上就過去，你媽已替你收好行李，石角那裡什麼都有，只要拿幾件換洗衣服就夠了。」

毫無起伏的聲調，感覺不出有任何的不捨或難過，我望著面無表情的爸爸，覺得自己真的要和岳飛一樣，準備「成仁取義」了。

「還不快點起床。」媽媽等不及了，她在後頭叫喊著。

「快，快穿好衣服，十分鐘後出發，早餐在車上吃。」爸爸也催促起來。

四十分鐘後，我人已在石角。

站在曬穀場邊，爸爸再三叮嚀，「阿公吩咐什麼，你就去做。」

我點點頭。

「沒事不要亂跑，盡量陪阿公。」

我點點頭。

「阿公洗澡時要留意，老人家最容易滑倒。」

我點點頭。

「晚上陪阿公睡，他有時半夜要上廁所，你盡量多幫忙。」

我楞了一下，才又點點頭。

「好啦……這一個月辛苦你了。」爸爸的語氣突然緩和起來，他右手伸入褲袋，從裡頭抽出了幾張鈔票。

「這裡有四千塊，你留在身邊，有需要就用。」

見到鈔票，我眼睛一亮，趕緊伸手接過。

「還有，這支手機給你，外出就帶在身上，好方便聯絡，小包包裡有手機的備用電池及充電座。」

沒想到爸爸設想得這麼周全，我不知是感動的好，還是感嘆他們算計得深。

交代完，爸爸帶我走進屋裡，阿公見到我，臉帶笑意的說：「就

拜託你多照顧阿公囉，阿公現在手不方便，很多事情都做不來。」

不知怎麼的，聽到阿公這麼客氣的說話，我反而不好意思起來，想到剛剛在路上心裡不停的咒罵，

覺得自己太不應該了。

爸爸把所有事情交代完，揮揮手就離開，他走後，屋裡馬上寂靜下來。老屋是「一條龍」的構造，採光不是很好，在昏暗中，我覺得自己應該很快就能和屋子裡的老人和狗一樣，融入這片灰暗當中了。

阿公靜靜的坐在我對面的椅子上，他嘴角上揚，因皺紋多的關係，臉上的笑意及善意很容易被辨識出來。

「幫我做一件事好不好？」阿公輕輕的說，我第一次聽他聲音這麼細微。

「好哇！」我一回答，阿公腳旁的土狗立刻警覺的站起身。

「我想上廁所，可以幫我解褲帶嗎？一隻手比較不方便，要弄很久。」

「呃……可以可以……」說真的，我還不確定該怎麼做。

我硬著頭皮上前一步，然後半蹲下來，兩手摸起阿公的褲頭。

「不是現在啦，」原本輕聲細語的阿公，又變得氣急敗壞的：「不是現在脫啦，現在脫了就不好走路了。」

「喔，這樣啊。」我臉「刷」的熱起來，趕緊站起身，順勢學爸爸那樣，輕輕扶住阿公未受傷的左手。

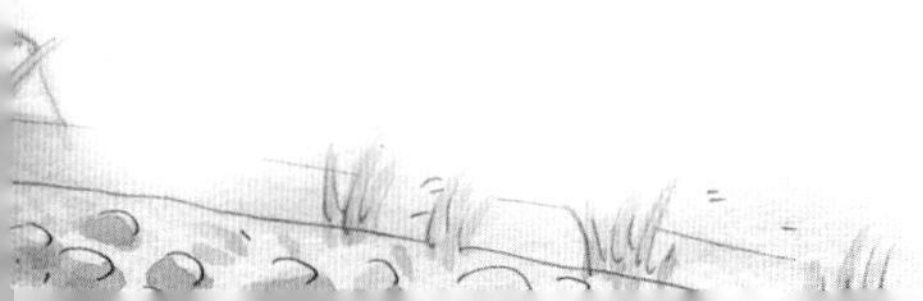

上完廁所，我和阿公坐在廳堂的椅子上，土狗依舊立在阿公的腳邊，頗有保護主人的態勢。

「阿公，」看著粉塵在光影下緩緩的流動，我有一點受不了這緩慢的步調，忍不住問他：「接下來我們要做什麼？」

「要做什麼？」阿公將視線從牆壁的「家族大壁畫」上移開，理所當然的說：「沒有要做什麼啊，你可以看電視，也可以看我畫人像。」

天啊，我心裡又開始咒罵，靜靜的坐著看壁畫、看粉塵飄動，這不是現代人該做的。

「阿公，我不要看電視，我們出去走走好不好？」我想認清附近的環境，好順利在這鄉間活

下去。

阿公看了我一眼，然後站起來，「好哇！」他說：「帶你到土地廟走一走。」

那地方我大略知道，除了一間小廟外，廟旁還有好幾棵大樹，以及可讓附近居民聚集的小廣場。

我和阿公慢慢的晃盪過去，土狗跟隨在後，但保持若即若離的態度。

阿公回憶起什麼的，突然提到我小時候，他曾幾次帶我走過這條路。

我皺著眉頭說沒什麼印象。

快到土地廟時，我見到一副令人咋舌的景象，廟旁的廣場上，竟併排了近十部的輪椅，每部輪椅都坐有一位老人，每位老人的身後都有一位膚色較深的外籍看傭。

「阿公，他們在做什麼？」我驚訝的問道。

「什麼啊？」阿公似乎司空見慣，不知道我指的是什麼。

「那些輪椅啊。」

「喔，那些都是附近的老人家。」

「他們怎麼會聚在這裡？」

「村裡的人喜歡來這裡散步、談天，那些老人家當然也可以來這裡聊聊天、透透氣啊。」阿公理所當然的說。

我們越走越近，我發現那些外傭們聊得相當開心，而且說的是聽不懂的外國話，那些被看護的老人反而不大交談，幾乎都兩眼無神的呆看前方。

「這些老人有的年紀比我大，有的年紀比我小，都是行動不方便，才讓人推著輪椅走。」阿公解釋完，向一位年紀最大，身體看起來最孱弱的老阿公打招呼。

「阿明哥，面色不錯喔。」

「……」老人家的嘴巴囁嚅著，我聽不清他在說什麼，但阿公卻能靠在他的耳邊，和他寒暄了幾句。

阿公對我說：「阿明哥比我大二十歲——」

「哇——」我喊著：「那不是九十幾歲了？」

「對，」阿公說：「有些老人家身體不好，但腦袋卻還很靈光，像阿明哥就是。」

接著有幾位輪椅上的阿公、阿婆，顫顫巍巍的問阿公我是誰，還有手上為什麼上石膏？看樣子我們的出現，讓老人家有了關心的焦點。

「他是我最小的孫子。」阿公說。

「這麼大了喔。」這是我從小到現在，最常聽到的一句開場白，通常出自那些曾看過我、抱過我或捏過我臉頰，但我現在完全沒印象的長輩。

「不知不覺就那麼大了。」一旁有人接腔。

「對啊，不過面形還看得出來，跟小時候很像。」

「記得他小時來石角玩，我就抱過了，那時他三歲就想爬這裡的大樹呢。」一位阿婆說。

我尷尬的苦笑，不知該表現熱情，和阿公、阿婆們相認，還是表演爬大樹的把戲給他們看。

「他來看你是不是？」一位阿公看著我問。

「我跌倒手受傷，他放暑假有空，就來石角陪我住一個月。」阿公說。

「那很好……」

「對啊……」

「那麼小就知道幫阿公……」老人家們七嘴八舌說阿公子孫賢孝，也順道誇獎我一番。

我一直的苦笑，轉頭看阿公一眼，發現他臉上似乎有了不一樣的光采。

我們在土地公廟前閒晃了一個多鐘頭，我周旋在老人之間，覺得自己也快變成了小老頭。吃中餐的時間快到了，外傭開始將老人推回家，和那麼多的老人閒談，對我來說是件苦差

事，但既然遇上了，多少仍會和他們呼應，我個性就是如此優柔難決斷，有時覺得老師、同學和爸媽似乎都吃定我了。

回老屋的路上，阿公精神奕奕的。

阿公說：「記得以前帶你到土地公廟，常走到一半就要我抱了。」

「真的喔。」我不太相信我小時就那麼沒「骨氣」。

「當然是真的，不抱的話，你還會坐在地上耍賴呢。」

我緊閉嘴巴不回話，心想我小時丟臉，但不代表我現在就容易丟臉。

阿公安靜了幾秒鐘，突然問：「以後阿公沒辦法走路了，你會不會幫我推輪椅？」

我頓了一下，像個老頭子般的囁嚅著：「會……會吧。」

阿公輕輕的點頭，繼續往前走。

我偷偷打量阿公，見他挺起胸，「啪噠啪噠」的趿著拖鞋邁出大步。腳步如此穩健的阿公，怎麼會提出這問題呢？我心裡疑惑著。

6. 準備午餐

回到老屋，阿公說他平常中餐很簡單，小叔不一定回來吃中飯，所以中午熱一熱昨晚的剩菜，再隨意炒個菜，配著冰箱裡的醬瓜、豆腐乳吃，就夠了。

「那小叔中午吃什麼？」我問。

「不知道呢。」阿公回答得很乾脆，「村裡的人都認識他，有時人家午餐準備好了，就邀他一起吃；有時

他不吃也沒關係，一直玩到下午再回來。」

「萬一小叔中午回來，你又到豐原時，那他吃什麼？」

「我每天早上都用電鍋煮飯，他自己會盛白飯配醬瓜、醬菜吃。」阿公說：「我以前每天給他一百塊買東西吃，後來發現錢都被村子裡的小孩子騙去，現在都不給了。」

不過阿公說因為我來了，今天中午除了炒空心菜外，還多煮一鍋紅燒肉。

炒菜前，得先挑菜、洗菜、切菜，這幾道手續我在行，因為爸爸常要我做。

阿公拿出的空心菜，仍是又瘦又小，菜葉空空洞洞，被菜蟲吃去了不少。這一大把菜，我看上眼的部分少之又少，幾乎有五分之三的

莖、葉被我丟到廚餘桶裡。

紅燒肉的材料阿公已準備好，他今早得知我要過來，特地從菜市場精挑細選的買了些「三層肉」，要讓我大快朵頤。

紅燒肉先以小火在一旁燉煮，空心菜則由我和阿公共同完成。

其實我已經會炒菜了，但阿公堅持第一次由他來炒。

「先聽我的，」阿公特別強調：「我先炒給你看，以後再由你來做。」

於是我握鍋柄，阿公用他的左手，一會兒倒油、一會兒爆香，一會兒抓青菜、一會兒又拿鍋鏟翻攪。他還利用空檔，與我面授機宜，告訴我如何將空心菜炒得脆又亮。

我用心的跟著阿公的步調，讓阿公單手炒出一盤鮮綠誘人的青菜。

廚房香味四溢，炒好的空心菜配著幾片紅豔豔的辣椒，看起來爽口極了。阿公呵呵的笑起來，我心想原來與阿公生活倒也不是件難事。

吃飯時我於是「盡棄前嫌」，與阿公暢所欲言，不再像從前那樣有所顧忌。

「阿公，這個紅燒肉好吃又下飯，你可以去賣爌肉飯了。」阿公

的紅燒肉讓我多扒了好幾口飯，我不住的誇讚說好吃。

「你把我的功夫學起來，自己去開店，我年紀大，做不動了。」阿公因為用左手拿湯匙舀飯吃，更顯得老態龍鍾。

「好辦法，」我說：「我自己開店，這樣就不必看爸爸的臉色了。」

我和阿公輕鬆的聊著，土狗在桌子底下來回梭巡，想找些我們掉落在地上的飯粒和肉屑來吃。

土狗剛剛吃完昨晚的剩菜剩飯，但那一丁點東西哪填得飽他的大肚囊。趁著土狗溜到我腳旁，我把碗裡不敢入口的豬皮與肥肉，用筷子迅速的撥到牠鼻頭附近。

並不是我想討好土狗，是因為我真的不敢嚥下那白花花，且不斷

淌油的肥肉。爸爸說我挑食，但我真的是不敢吃。

不過阿公無法理解我為何這樣做。

「欸，你怎麼把肉丟給土狗吃？我們還在吃飯呢！」阿公急喊著，像見了什麼不得了的大事。

「我不吃肥肉，所以丟給牠了。」我平靜的回答。

聽阿公的意思，家中的狗似乎不能與我們平起平坐，一同分享剛烹煮好的菜餚。

「怎麼不吃呢？豬皮和肥肉都很好吃啊。」阿公不可置信的說。

「我就是不敢吃，爸爸以前曾強迫我吃，我當場吐了出來。」我很想把以前和爸爸在餐桌上的爭執描述給阿公聽。

「怎麼會這樣？」阿公皺著眉頭說：「不要給土狗吃，現在餵牠吃，牠以後會沒規矩，爬到桌上搶東西吃。」

「會嗎？」我低頭看土狗，見他眼巴巴望著我，一副懇請拜託的可憐樣，剛剛扔下的肉早已不見蹤影。

「會，」阿公刻意強調：「有些規矩還是要注意的，我講的話你要聽啊。」

「喔……」我覺得有些莫名其妙，忍不住問：「那我那些不吃的肉和皮，就扔到垃圾桶裡，不給土狗吃囉？」

「你自己為什麼不吃？」阿公仍堅持著：「只吃瘦肉太澀，紅燒肉要連著皮和肥肉一起吃才會好吃。」

「我就是不要！」我很想這樣回答，但怕僵持下去沒完沒了，所以開始夾菜扒飯不回應，那鍋讓人垂涎欲滴的紅燒肉，暫時不敢再碰了。

我話一停，氣氛不再那麼熱絡，想再找其他話題聊，但卻提不勁。桌下的土狗等不及，用濕涼的鼻尖碰了我小腿肚一下，我不理牠，繼續埋頭把碗裡的白飯扒光。

用完餐，我自動將碗盤收拾到水槽裡，阿公見狀，自行走到電視機前看電視。離去時，嘴裡還不甘心的念著：「哪有人不吃皮，不吃肥肉的……」

我只能盡量裝著不在意，爸爸提醒過我，阿公並不是那麼的不通人情，只是有時要學著讓自己腦袋轉個彎，順著他的意思一下。

土狗跟著我到水槽邊，我見四下無人，忍不住偷捏起一塊紅燒肉，趕緊咬下瘦肉的部位——嗯，真是人間美味。然後我迅速的將其他部份丟給土狗，牠很配合的用大舌頭捲起，當場一口吞下，吃完後頭抬起，大眼睛又水汪汪的看著我。

原來拐騙土狗是這麼容易的一件事，先不理會阿公剛剛的執拗，想到能讓土狗這麼眼巴巴的望著我，我就忍不住邊洗碗邊得意起來。

碗盤清理完，阿公到房裡小睡一會兒。阿公的床很大，爸爸要我和阿公睡，他已在靠牆處準備好枕頭和涼被。

我依阿公指示，拉起蚊帳，簡單安頓好阿公後，就到外頭看電視。

傍晚時間，「流浪」了一天的小叔從外頭回來，阿公要他先洗澡，然後指示我炒一道菜、煎一條魚，下午的紅繞肉當然繼續熱來吃。

晚餐時，因有小叔在，氣氛不致那麼凝滯，我好奇的問小叔今天去了哪裡？他口沫橫飛的說了一堆，但我仍搞不清他描述的地方在何處。

接著我幫忙阿公洗澡，再和小叔一同用洗衣機洗衣服、晾衣服，等忙到九點，我已經快累垮了。

阿公說我夠能幹的了，但我哈欠連連的只想趕快上床睡覺。

7. 清道夫

第二天一早，我被外頭的叫喊聲吵醒。

「快來掃這裡，那邊掃過了啦！」是阿公的聲音。

「好啦，好啦。」較含糊的是小叔的聲音。

我穿好外褲，好奇的跑出屋外，見到阿公和小叔在清掃馬路旁的垃圾。

「阿公，你們在幹嘛？」我問。

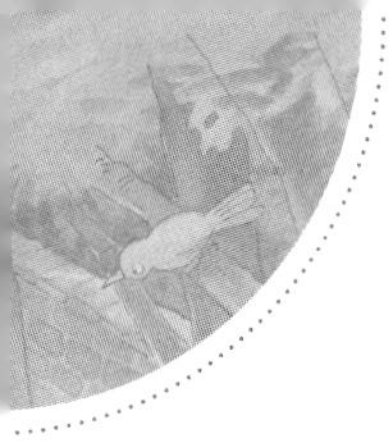

「在掃地啊，」阿公說：「每天清早我都會出來掃馬路。」

「是鎮公所派你做的嗎？」我又問，阿公那麼老了，應該不可能應徵得上鎮上的清潔隊員才是。

「不是，是我自己想做的。」

我望望阿公，心想他怎麼有這麼「先進」的念頭，自願出來當清潔志工。

「你是環保義工嗎？」

「不是，」阿公說：「那是什麼東西？」

「你有參加過訓練嗎？」

我想到學校裡的學

生志工常被老師召集、訓練。

「掃地還要訓練？」阿公好笑的說：「那吃飯要不要訓練？」

我本來想說老師曾指導我們用餐禮儀，但怕阿公誤會我的意思。

阿公見我不回答，於是又強調：「是我自己要掃的，這條馬路剛鋪好時，又新又漂亮，只可惜過了幾個禮拜，開始有垃圾堆積在路旁。我想既然沒人來清理，那乾脆我來掃好了。」

「阿公，你好偉大喔。」我翹起大拇指說。

「哪有什麼偉大，我是沒事找事做。」

爸爸說阿公以前除種稻外，還在山坡地種香蕉、種橘子、種梅子……，既刻苦又打拚，現在他雖然年紀大，但還是閒不下來，所以會想辦法「沒事找事做」，像到豐原幫我們倒垃圾就是一例。

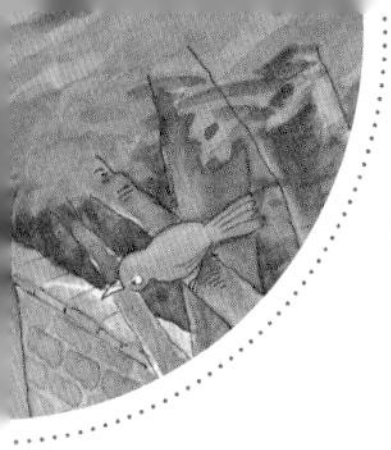

「如果覺得偉大，那你也來幫忙。」阿公說：「我最近手受傷，沒辦法掃地。」

我連忙搖手表示興趣不高，而且這應該也不算在照顧阿公的範圍內，但一把竹掃帚硬是塞到我手上。

「來，聽我講，你先從這個地方開始掃。」阿公霸道的說。

「要掃到哪裡？」我有氣無力的問，深怕沒先說定，阿公會要我掃完整個村莊。

「就到那裡。」阿公對著馬路隨意一指，無邊無際，根本見不到盡頭。

「啊——」我絕望的輕喊著，雖然我對

「比太陽早起的人」——比如清潔隊員，相當敬佩，但工作總要有結束點，不能一直做到比太陽還晚下班吧！

但阿公不理會，他說：「不要喊了，快掃！」

這時路上已漸漸有汽車或機車經過，大家都好奇的打量我們，我不習慣被人這樣盯著看，於是趕緊低頭，盡量屁股對著馬路的清掃起來。

早晨的涼意很快就過，不到半小時的時間我已汗流浹背，而且飢腸轆轆。阿公對我的表現似乎很滿意，他不住的點頭，還帶我不斷掃下去，最後就在我快虛脫過去時，阿公總算喊起：

「可以了，我們回去了。」

簡單的兩句話，對我來說卻像莫大的恩賜。

回到老屋前的曬穀場，阿公要我先洗洗臉，接著又說：「水槽旁有水桶，順便裝滿水提過來。」

「幹嘛？」我警覺的問。

「要澆菜。」

「天啊！」我心中哀嚎著，怎麼又是一項工作，剛做完清道夫，現在又要當起小菜農，我早餐都還沒吃呢。我環顧左右，發現小叔已不見蹤影，在曬穀場上閒晃的土狗也不知溜到哪兒去，他們似乎相當懂得在適當時機，無聲無息的脫身離開。

阿公要我先澆老屋右側的小菜圃，這我可以勉強順他的意，但阿公還要我幫忙淋馬路旁的路樹，這我就抗議了。

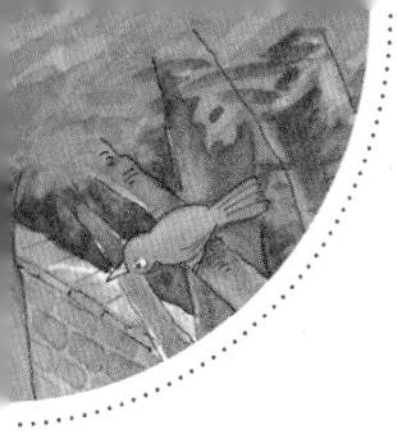

「不是說要澆菜，為什麼連鎮公所種的路樹也要澆。」我嘟著嘴，心想這一做，是不是整排馬路的樹都要一起澆了。

「對啊，就只要澆菜就好了啊，路樹下面我都有種菜，你剛剛掃地時沒注意到嗎？」

「……」我的確沒留意到樹下長了什麼東西。

不過我腦袋一轉，馬上接著說：

「不對，路樹旁的泥土地會種上草皮，或是開花的植物。」依常理判斷，路樹周圍都會刻意圍起一步長寬的泥土地做綠化。我們老師說為了美化，也為了有層次感，這一小塊地常會植栽草皮或灌木。

「對啊，沒錯啊。」阿公說：「原本鎮公所派人在路樹旁種花、種草的，弄得很漂亮，後來沒人照顧全都枯死了。」

「……」我眼裡露著問號，要阿公繼續說下去。

「地空著長野草很可惜，我將它們整理一下，開始種菜。」

「這……這怎麼可以？」我覺得這樣的做法不對，我喊著：「這又不是我們的地，地是公家的，是鎮公所的呀。」

「為什麼不可以？」阿公義正詞嚴的說：「這原本也是我們的地，是公所把我們徵收去的。」

「那只是一小塊而已，又不是整條馬路都是我們的。」

「我也只有在附近的幾棵路樹下種菜而已，又不是整條馬路都種。」

「可是……」我放眼望去，這才發現連數十公尺遠的路樹下，好像都被種上青菜了。

「那不是我種的，」阿公連忙澄清：「是有人看到我種，他們也跟著一起種。」

「阿公——」我覺得阿公變成那位最讓孔子厭惡的「始作俑者」了。

「什麼啦，又什麼不對了？」阿公說：「有地就要利用，放著可惜，知不知道？」

「侵佔」、「竊佔」……我搞不清是哪個詞了，反正電視新聞偶爾就會播

報類似的新聞，我不知道阿公算不算犯罪，但覺得這樣做很不對。

「欸，別愣神愣神了！」阿公用客家話念我：「快去澆菜啊，等一下日頭更大，會更熱。」

「阿公——」我百般不願。

「你不做，那我來做。」阿公作勢要用他受傷的手提水桶，我見狀，只好硬著頭皮將水一瓢瓢的潑灑下去。

一樣是屁股對著馬路，一樣是不敢見人，但我這次更覺得自己像在做賊了。

想起阿公一股傻勁，每日憨直的在鄉里間清掃，心裡就一陣感動；但見到他在路旁隨意種菜的「惡行」，卻又讓我覺得阿公違

法亂紀，眼裡沒有「王法」。

老人家有時就這麼滿橫不講理，我身不由己，只能跟著滿做下去了……

8. 惡鄰

阿公塞給我的那把竹掃帚，我握得挺順手的，或許阿公也看出我與竹掃帚的「緣份」，自此以後，每天清晨六點多，他就把我喚去掃街。

阿公說：「我現在手不方便，你就多幫忙。」

我原本不太願意，但見事已成定局，只得說好。

阿公高興的點頭，接著又說：「等我手好了之後，你還可以跟著

我一起掃。」

這我就不回應了，萬一大家都知道我擅長掃地，那不是工作接不完了嗎？

其實身為班上的衛生股長，我深知掃地工作並不難，地掃久了也能從中獲得些樂趣——聽著竹掃帚在柏油路上，俐落的括出「刷刷刷」的聲音；看著路旁的塵土，被掃帚順向的爬梳出整齊的平行線，那種乾淨、清爽的感覺，直讓我心頭舒暢起來。

尤其悶頭清掃了大半天，突然回頭檢視「來時路」時，更有一種莫名的成就感。

掃地的工作我盡力配合，但路旁種菜、澆菜的行徑，我自始至終無法接受。

地掃完，在阿公的吆喝下，我常是心不甘情不願的提著水桶，帶著水瓢，遮頭遮臉的在路旁澆菜。我擔心路過的人，見我一副鬼鬼祟祟、見不得人的模樣，會誤認我是在路旁偷尿尿。

一天，不知是心神恍惚，還是被太陽曬昏頭，我竟澆過了頭。

一整條馬路，阿公只佔據十幾塊路樹下的小空地種菜，他特別交

代，其他地方不用管它。

但我那天真的不知何故，忘了仔細辨清路樹，水瓢不斷往外潑灑的當頭，突然背後傳來怒吼聲。剛開始我以為是哪家的狗吠——在鄉間狗追路人是稀鬆平常的事，但僅半秒的時間，我馬上辨別出那是一位阿婆的怒罵聲：

「你在我家面前做什麼！」

阿婆從屋裡衝出，她用客家話大罵：「那是我種的菜！你想要做什麼……」

我嚇得心驚膽戰，手一軟，「匡啷！」的一聲，水瓢竟跌落地上。

我想轉身，但阿婆不放過我，她繼續吼著：「你想偷摘菜是不是？這麼小就想偷東西，以後長大了還得了……」

罵聲像連珠炮似的從她乾癟的嘴裡吐出，你絕對想像不出這麼瘦小、佝僂的老太婆，罵起人來竟是那麼的中氣十足。

阿婆見我想脫逃，更是提高了分貝，說真的，我心裡怕到了極點，好想像剛入學的小弟弟小妹妹，「哇——」的在馬路旁大哭起來。

但我已經不是小娃娃了，忍著淚，鼓足了力氣，我對著阿公的老屋狂奔過去，水桶先不管，水瓢也丟在路旁，丟盔棄甲，像隻鬥敗的狗夾著尾巴逃回家。

阿婆還是不放過我，她在背後喊著：

「喂——你不要走，你是哪家的小孩——」

衝回到老屋，見到阿公在屋旁的菜圃拔菜。

我氣喘吁吁的跑到阿公身旁。

「怎麼了？被狗追是不是？」

「不是……」我滿身大汗，不停的喘氣：「一個阿婆罵我，說……說我偷她種的菜……」

「喔，」阿公恍然大悟的說：「那個阿婆我知道，你澆到她的菜了是不是？」

「對……對，我不小心澆過頭，澆到她種在路邊的菜。」

「不是叫你要分清楚的嗎？」

「我又不是故意的，」我委屈的說：「現在

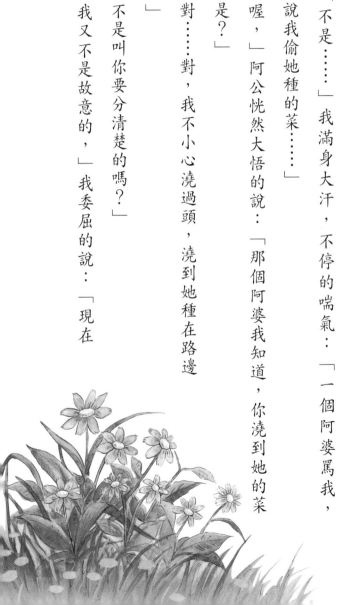

水桶和水瓢都丟在她那裡，怎麼辦？」

「去拿回來呀。」

「我不敢。」我坦誠的說，一個瘦小的阿婆已在我心裡放大成了妖魔。

「看你的樣子也知道你不敢，」阿公慢條斯理的說：「附近的人都知道她的厲害，不要說偷拔菜，連將車子停在她家附近也沒人敢。」

「難怪土狗每次快到那戶人家時，都趕緊調頭回來，不跟我過去。」我心中突然聯想起土狗怪異的行為。我餐餐親手餵土狗吃飯，輕易的就將牠收為跟班，但大難臨頭時，牠仍只顧著自己逃命。

「好，那我自己過去跟她要。」阿公說完，快步走出去。阿婆家

與阿公的老屋只隔著一塊種滿梨樹的果園，她是我們的近鄰，以前到石角來去匆匆，根本沒留意到有這號人物。

我和土狗伸長著脖子看，見到阿公出現，阿婆怒火稍息，不過她仍不斷往我這兒打探，嚇得我心驚肉跳，差一點又腿軟過去。

我實在厭惡極澆菜這項工作，剛巧下午一位鎮公所人員的到訪，讓我覺得鄉間仍有「王法」在。

「不好意思，路樹旁的菜是不是你們種的？」鎮公所派來的人客客氣氣的問。

「沒錯。」阿公說。

「那是鎮公所的地，不能亂種菜。」

「喔。」阿公面無表情的回應。

「你要不要先把菜採光，明天鎮公所會派人整理那些地，會把那些菜鏟除。」

「喔，好。」

那個人離開後，我掩不住喜悅之情，向阿公說：「早就告訴你路旁的地，是不能種菜的。」

「又沒關係。」阿公淡淡的說：「你拿一個籃子，跟我去摘菜。」

「為什麼沒關係？」我疑惑著，因為他之前一直認為在那裡種菜是天經地義的。

「之前鎮公所鏟過好幾次了。」

「什麼！」我喊著。

「這是他們第三次過來鏟我的菜了，」阿公輕描淡寫的說：「反正明天鏟完，我後天一樣再種。」

「阿公……」沒想到阿公竟是「刁民」，我糾起眉頭，帶著哭聲說：「你不可以這樣啦。」

「又怎麼樣了，走啦，快去幫我摘菜啦。」

我沮喪的跟在後頭，心想如果阿公因為種菜而被告，那我是不是也算「共犯」了……

第二天，鎮公所果然派了三個人過來，他們拿著圓鍬，三兩下就把菜葉、菜莖斬碎並埋在土中。

阿公蹲在路邊，嘴裡「嘖嘖嘖」的直說：「可惜！可惜！」

我不好意思的望向那三位汗流浹背的叔叔，為阿公不文明的行為感到愧疚。

但和下一戶的阿婆相比，阿公的態度已算是極合作的「良民」了。

阿婆一見到有人要鏟她種的菜，鼓足了勁，像剛裝上了「勁量」電池一樣的，對著三個辛勤工作的人破口大罵。

我聽了於心不忍，問阿公：「為什麼阿婆那麼喜歡罵人？」

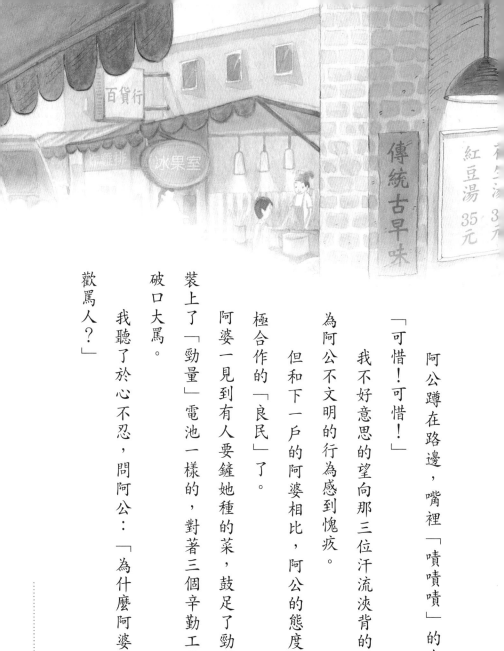

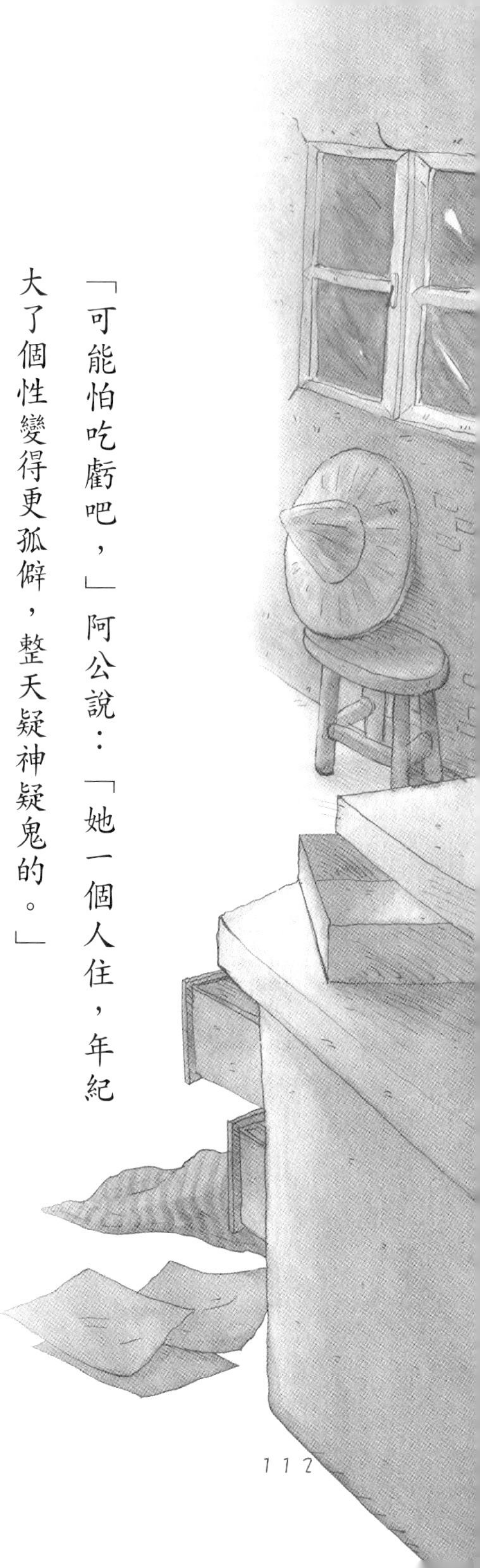

「可能怕吃虧吧，」阿公說：「她一個人住，年紀大了個性變得更孤僻，整天疑神疑鬼的。」

「她沒有親人嗎？」

「有，有兒子、女兒，不過都搬到外面去住，很少回來了。」

「阿公，你好像跟她很熟？」我偏著頭問他。

「當然熟，」阿公眉毛揚起，說：「附近每一戶人家我幾乎都認識，有兩三代的交情了，怎麼會不熟？」

我點點頭表示了解。

「不過……」阿公突然頓了一下，說：「現在年輕的一輩，我就不太認得了，沒在一起工作、種田，見了面也不知道要打招呼，所以都不太認得。」

「喔……」我應了一聲，心想在這鄉下，不管是老的還是少的，我一個都不識。

傍晚時分，整條馬路旁的菜圃已全被清除，阿公蹲在地上，用左手翻動土塊和菜莖，靜靜的檢視著。從他背脊望去，可以感覺到阿公和泥土地間，似乎有種難以言喻的情感。

在夕陽餘暉的襯托下，我忽然瞥見一個瘦小的人影

向我們走來，瞇眼一瞧，是那個愛罵人的老阿婆。

我和土狗見狀，馬上「閃」得遠遠——不過阿婆不是來找我們的。

「阿義哥，」阿婆對著阿公說：「我屋子裡的燈管壞了，幫我換一下好不好？」

「要阿公幫忙？」我心想她從不給人方便，誰會幫她呢？可是出乎意料的，阿公馬上答應。

「好哇，」阿公說：「我手受傷了，我叫我孫子去換好了。」

阿公的決定我沒法反駁，我只能撇撇嘴，不情不願的跟在阿公後頭，進到阿婆的屋裡。

換日光燈管對我來說是件小事，但對老態龍鍾的阿婆來說，想要

穩穩的登上那四階的鋁梯，可比登天還難。

換完燈管，阿公和阿婆閒談起來，我和土狗依舊躲得遠遠的。

這時晚風吹來，感覺比較不那麼酷熱了，阿公帶著笑容談話，臉上的皺紋也跟著揚起，在斜陽的映照下，紋路顯得更加深刻。

回頭的路上，我問阿公：「你為什麼要幫那個阿婆？她對人那麼壞。」

「又有什麼關係。」阿公看向前方。

「可是她常亂罵人。」

「幫忙一下而已，又有什麼關係，大家認識那麼多年，更要互相幫忙。」

「嗯……」我感嘆著，「阿公，你是好人。」

阿公微微笑著，感覺像一位曖曖內含光的老善人，不過見到路旁已被搗平的「菜圃」，我忍不住又想「刺探」他。

「阿公，」我說：「你人這麼好，可是為什麼要在路旁亂種菜？」

「什麼亂種菜！」阿公果然像河豚一樣，一刺馬上就鼓脹起來，他板起臉，撐著鼻孔噴氣說：「跟你說過了，地不要空著浪費，你是聽不懂是不是？」

哇，阿公快生氣了！我趕緊假裝追趕前頭的土狗，快步的逃回屋裡去。

9. 跟蹤小叔

我每天陪著阿公，認真又認命，就像老師給我的評語一樣——盡責守份，老師還曾跟爸爸強調，像我這樣的孩子已不多見了。不過我想不透的是，當我盡職的陪在阿公身邊時，土狗和小叔是到哪裡遛達去了？

尤其是小叔，他常吃完早餐就不見人影，一直到中午或下午才在曬穀場出現。

我問阿公，阿公說：「不太知道，大概在附近四處走吧。」

我當然知道是四處走，難不成會像屋後的野鴿子一樣四處飛？

我問小叔，他有時興起會嘰哩呱啦的說一堆，但我仍搞不懂，他嘴裡說的那些地方，是在地球還是在火星？

今天早上，屋裡又只剩我和阿公，他拿著蠟筆，為壁畫上的小人兒「補妝」，因為右手能自由活動的部位只剩手腕和手掌，所以運筆顯得有些吃力。

阿公只要一有空閒，就會檢視牆上的人像，還會一面作畫，一面告訴我許多古早事。我發現只要專注的聽，阿公的眼裡就會發光發熱，而且嘴巴滔滔不絕，像氾濫的江河，一發不可收拾。當然，與我聊得越多，他想在牆上添加的東西也越多。

阿公剛為一位牆上的小人補色完，突然想到什麼似的，立刻拿起咖啡色蠟筆，仔細的在牆上空白處描繪。

「知道我畫的是什麼東西嗎？」阿公問我。

阿公鼻梁上掛著老花眼鏡，嘴角還帶著笑意，看起來慈祥極了，讓我不忍心只用「就一隻鳥嘛！」一句話來敷衍他。

「看不出來嗎？」

我瞥了瞥，新畫好的圖像是隻雙翅平展，在空中翱翔的大鳥，牠還有個特徵是鳥喙是帶尖勾的……

「是『鷂婆』！」等不及我

回應，阿公直接用客家話說，「看不出來嗎？」

我第一次學到這詞，但馬上知道指的是老鷹。

「鷂婆最厲害的就是牠的眼睛，」阿公指著牆上的老鷹說：「牠從幾十公尺高的天空，就可以清楚看見在曬穀場上找穀子吃的小雞。」

聽起來有點像「國家地理頻道」的旁白，但我今天有些分心，不太能專注聽。

「只可惜現在很少看到鷂婆了，以前牠只要一出現在天空，地上的母雞就會緊張的『喔喔喔』的一直叫喚小雞。」阿公說完，拿起黃色的筆，在老鷹的下方畫出幾隻雛雞。

爸爸說阿公的繪圖技巧有獨到之處，既注重寫真，又有不造假的

童趣。爸爸以生意人的眼光來分析阿公的壁畫：「如果有門路的話，說不定阿公的畫能大賣哩。」

只是我今天沒心思欣賞那幾隻活靈活現的小雞，也不想細看那些服裝鮮豔、表情真實的小人們，當然更不想乖乖的坐著聽阿公講古早事。

「阿公，如果沒事的話，我想出去走走。」我說。

「喔……」阿公掩不住失望之情，因為他才剛打開話匣子，正希望有好聽眾來捧場，我覺得經過多日相處，阿公似乎已把我當成是看顧他這兩面牆的「傳人」了。

「你要去哪裡？」阿公問。

「我想去找小叔，看看他到底在外面做什麼？」

「喔……那就去吧。」阿公看著我，肩膀垮下來，看起來既落寞又孤單。有些事他會大喊要我聽他的，有些事則會客氣的讓我，阿公的標準我已大概抓得住。

跟蹤小叔是很早就有的念頭，能多了解他的行徑，我想對阿公也是好的。

我走到曬穀場，把躺在地上乘涼的土狗喚起，牠俐落的站起身，抖抖身體後，踏著碎步同我前進。

剛剛看見小叔往右邊走，走出曬穀場後當然也是跟著向右。經過二、三百公尺的距離，來到路口的閃黃燈號誌，我左探右探的觀察一下，決定再右轉進入巷子。那裡立著「石角國小」的校門，現在放暑假，但仍有一些小朋友到校園玩，我想愛熱鬧的小叔說不定會在裡

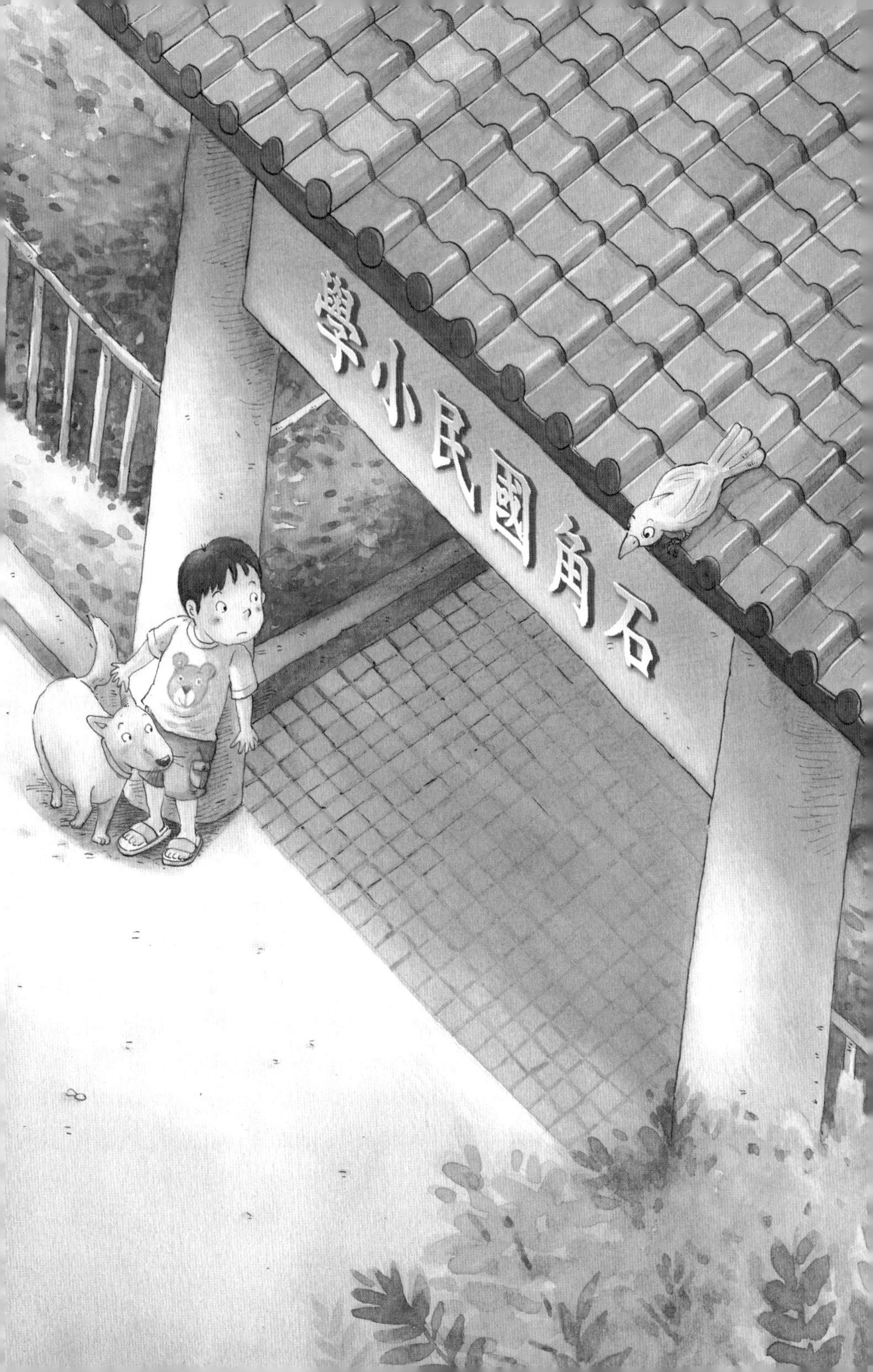
石角國民小學

頭。

果然一望向遊戲器材區，就見到小叔略為肥壯的身影，站在旋轉地球前，看低年級的小朋友們，爬那顆由鐵架拼成的大地球。

小叔張嘴開心的笑，但玩耍的小朋友不理會他，為了引人注意，小叔於是抓住弧形的鐵柱，開始用力的搖動鐵球。

小叔的力道當然大過小朋友，他用力的搖撼，讓爬在旋轉地球肚子裡的小朋友哇哇大叫，悽慘得如同地球末日真的到了。

這下小朋友可樂了，小叔也被正式邀請參加他們的

遊戲。

小叔在遊戲器材區待了將近四十分鐘，從大地球玩到盪秋千，再從盪秋千玩到單槓和高低槓，為了方便監控也為了避暑，我和土狗一直蹲在校門口的柱子下遙望。

在監看小叔的同時，坐在校門口警衛室裡的叔叔，也不斷的探頭監看我們。

小朋友們終於散去，小叔混不進在籃球場上激鬥的中學生，操場走了一圈後，進到教學大樓的走廊。

一樓有一間教室的燈光是亮著的，小叔在門口張望了一下，似乎準備進入，但距離太遠，我無法明確看出他的

動向。

「快！」我喊著，在打盹的土狗馬上驚醒，已鬆懈心情的門衛也趕緊望向我。

「快過去看。」我叫喚土狗，然後像忍者一樣，側向快步前行，聽說這樣的姿勢可以讓對方更不易發現自己。

往前十餘步，就可以見到那間教室門口掛著印有「辦公室」的牌子。

我放慢腳步，緊盯前方的動靜。小叔在門廊稍稍猶豫了一會兒，接著張嘴喊了一聲，然後拉起紗門走進辦公室。

小叔在幹什麼？我很好奇，但不敢躁動，只好躲藏在走廊柱子後

靜觀其變。

過了一、兩分鐘，小叔笑呵呵的走出來，身後還跟著一位大約五六十歲，看起來很像是老師的人。

那位阿伯很親切的拍拍小叔的肩膀，說：「老師在值日，你就不要再進來囉。」

小叔恭敬的鞠躬跟他說：「老師再見！」

等小叔走遠，我才從柱子後現身，沒想到那位老師還站在門口，他招招手要我過去。「你鬼鬼祟祟的躲在後面做什麼？」他問。

「你是老師嗎？」我小聲的問，我想藏身被發現，最大敗筆一定是土狗的狗尾巴

露出來了。

「對。」他點點頭。

「剛剛跟你講話的人是我小叔，我想知道他每天離家後都到哪裡。」

「喔，他每天都到學校玩。」那位老老師笑著說：「他是我以前的學生。」

「你是他老師？」這我可訝異了，「那是多少年前的事了？」我又問。

「三十多年囉，教他教了四年，你小叔國小畢業後，就沒有再讀書了。」

老老師看著我的臉，突然警醒似的瞪大眼睛，他說：「看你的面形很眼熟，你是阿義哥最小的孫子對不對？我以前好像抱過你喔。」

「天啊！」我心裡喊著，怎麼鄉下人這麼喜歡攀拉關係，我想全村莊的人牽來牽去，最後都可以像粽子一樣，串成一大掛了。

我隨便找了個藉口脫身，這時小叔已在籃球場和幾個高中生攀談起來。

幾個剛打完球的高中生，流著汗赤裸上身坐在球場邊，一喝完水，就有人拿出香菸跟大家分享。

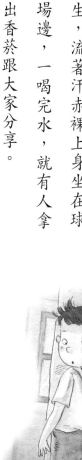

「『大叔』，要不要來一根？」其中一個像猴子一樣，手長腳長的男生，在小叔面前，刻意擺出縮頭縮尾的恭敬態度，想請小叔抽根菸。

「不可以！」我心裡喊著，我從未見過阿公和小叔抽菸。

一旁休息的人，都被那男生的模樣給逗笑了。

「好啦，大叔賞個臉，抽一根啦。」香菸盒的主人跟著起鬨。

其他人覺得有趣，馬上也大叔長、大叔短的不斷慫恿小叔。

最後小叔嘴角咬起一根白晰的香菸，像猴子一樣的男生，拿起打火機準備點菸。

「不可以！」實在看不下去了，也不知哪來的勇氣，我邊喊邊快步向前。

剎時間，大家被我的聲勢震懾住，等看清楚叫喊的人只是個小鬼頭，幾個男生馬上冷嘲熱諷的捉弄我。

「喂，小弟，」一個男生說：「我們抽菸關你屁事，叫那麼大聲幹嘛？」

「對啊，我們請大叔抽菸你嫉妒是不是？」另一個男生站起來，我嚇得向後退了一步，因為他至少比我高了十餘公分。

我趕緊把小叔拉起來，順道將他嘴裡的香菸摘下揉成一團。

這個舉動讓香菸的主人很不滿意，他喊著：「你這是什麼意思？」

「小弟，你很沒禮貌喔，」一旁有人恐嚇著：「今天不道歉就不讓你離開。」

情況變得危急，我被逼急了，開始胡亂的叫著：「在校園不可以抽菸！」

「我們就是要抽，怎麼樣！」對方比我更兇。

「校園禁止抽菸，你們再抽，我就……我就……」

「你就怎麼樣？」我見到幾個男生眼裡盡是譏笑。

「我就——」

說真的，一時之間我也忘了校園抽菸該受什麼罰責，情急之下，

只顧著大喊：「我就叫警察抓你們！法律有規定，學校是禁菸的，我叫警察抓你們！」

說完，我拉著小叔往校門口跑，小叔身材矮胖，但跑起來竟比我還快。我回想起土狗，想叫牠快跟上，但早已不見牠的蹤影，似乎剛剛起衝突時，牠就先溜了……

回到家，我拉著小叔，喘聲連連的向阿公報告剛剛的衝突，阿公聽完，卻只輕描淡寫的對小叔說：「下次有人在抽菸，就離他遠一點。」

不應如此，我心裡激動著，家人受辱了，還身強力壯的阿公反應不應如此平淡。

「不找他們算帳嗎？」我想至少

應請隔壁阿婆這尊「巨炮」出馬，對著那幾位中學生「轟一轟」。

「唉，算了，我老了，也沒辦法管那麼多了。」阿公轉身過去，背著我搖了搖手，說：「還記得你阿媽嗎？」

她在我還沒進幼稚園前就去世了，我已不記得她的臉，但我不敢說。

「你阿媽以前比隔壁的阿婆還會罵人。」我眨巴著眼睛不了解。

「以前你小叔常被人欺負，你阿媽不甘心，一天到晚找人算帳，跟別

人吵架。」阿公說：「可是你小叔就是這樣，我們哪有辦法整天顧著他。」

「唉，算了，算了……」平時常理直氣壯的阿公，聲音竟越來越小，「只要他每天能記得回家吃飯、睡覺，村莊裡的人不趕他走，這就夠了……」

聽到阿公連著幾次喊「算了、算了」，不知怎麼的，我也氣餒了……

土狗這時從門口鑽進來，牠畏首畏尾的低頭不敢看我。我不怪土狗剛剛只顧著自己逃命，我彎腰抓抓牠的背脊，心中想到原來現實生活裡，也有讓粗聲粗氣的阿公無言以對的時候。

10. 夜裡的「訪客」

以往，我都沒「正眼」瞧過阿公，不是看不起他，是因為每次到石角都來去匆匆，從沒機會仔細端詳過他。

但現在，我摸得清阿公的脾氣，也能清楚說出他外貌、特徵，身為他的「室友」，我常能近距離欣賞他「健美」的身材。

阿公年過七十，但從不彎腰駝背，挺直的背脊，以及常年農作所鍛鍊出的結實肌肉，常讓我這隻小肉雞讚嘆不已。

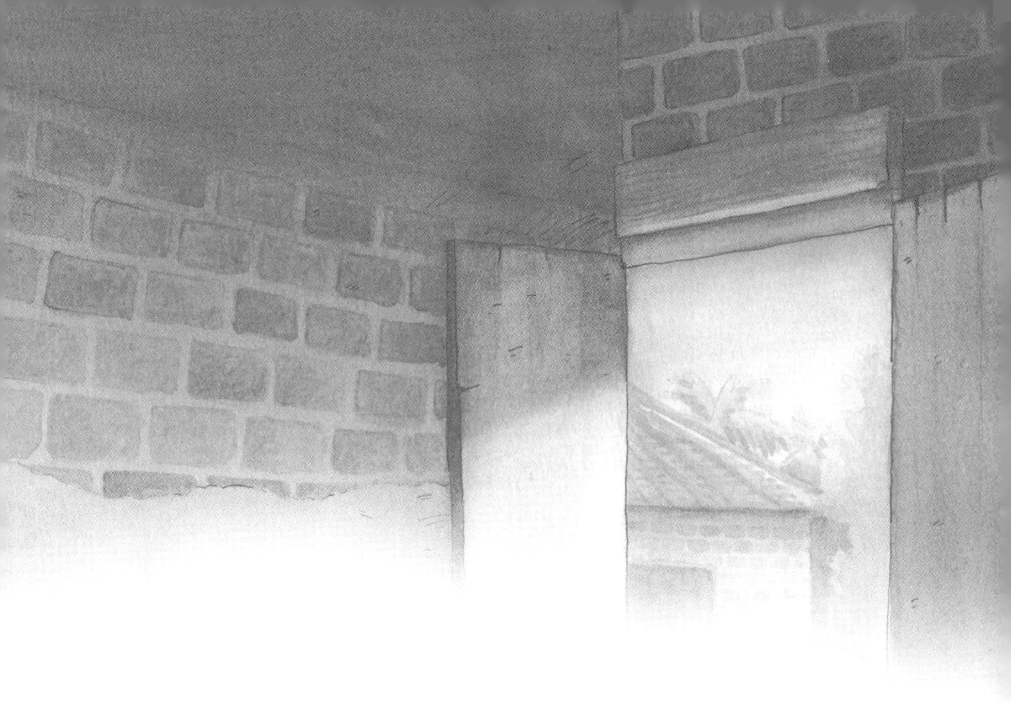

只不過歲月催人老，阿公看起來雖然身強力壯，但因身體機能退化，常要半夜起床上廁所，爸爸要求我協助，所以我也必須跟著起床一至二次。

今晚，我又從夢中醒來，聽房裡的秒針「滴答、滴答」的計數著，我模模糊糊的想到，阿公是不是該起床去尿尿了。

只是一轉頭，不見睡在我身旁的阿公。「阿公又不好意思叫醒我了……」我心裡嘀咕著。

一走出房門，見到廳堂燈光亮起，半夜

二、三點，阿公開燈做什麼？

我躡手躡腳的靠過去，一探頭，看到阿公在他的壁畫前，與一位男子小聲談話。

男子背對我，頭垂得低低，肩頭似乎微微抽動。

「阿公，你在做什麼？」我捏著嗓子問。

那男子聽到背後有人出聲，頭垂得更低了。

「沒你的事，快去睡覺！」阿公擺擺手，要我快離去。

我直覺事有蹊蹺，忍不住又問：「阿公，你為什麼不睡覺？」

阿公有點不耐煩了：「你是聽不懂是不是？趕快去睡覺啦！」

再不走阿公就會罵人了，我心不甘情不願的把頭收回來，阿公和那男子又開始窸窸窣窣的談話，我於是躲在轉角處偷聽了幾句。

「你爸爸最疼你了，知不知道？」阿公說。

「我知道……」那男子低沉著聲音回應。

「以前你家裡沒田地，為了生活，你爸爸到處做零工，有一年到我這裡幫忙，他一領到錢，就開心的說想先買個吃的或玩的東西給你。」

「……」那男子用鼻子吸了幾聲，似乎在低聲哭泣。

「你爸爸真的很疼你……」阿公無限感慨的說。

原來阿公又在說古早事，我興趣缺缺的打起哈欠，回房倒頭就睡。

第二天一早，吃完早餐後，阿公拉著我到壁畫前。

「昨晚那個人的爸爸在這裡。」阿公指著。

經過多日的訓練，我大致看得出壁畫上人像所處的地位。那男子的父親位在整個大家族最邊緣的地方，而且底下的子女沒有再畫出，這表示親族關係只到他的父親，之下的繁衍阿公就不理會了。

「我半夜帶著他，看他爸爸年輕時的模樣。」阿公說。

牆上那個人相貌普通，頭戴舊時才有的斗笠，一副農夫打扮，兩膝處還有補丁。

「他怎麼那麼有心，半夜過來看爸爸的畫像？」我說。

「什麼有心，」阿公好笑的說：

「他是小偷，他來偷東西的！」

「什麼！」我嚇了一跳，「他是小偷？」

「沒錯，」阿公說：「昨晚我起床上廁所，正巧聽見有人在廳堂亂翻東西。」

「阿公！」我聽了緊張，趕緊喊著：「那你有沒有快逃走哇？」

「我為什麼要逃？這是我家呢，要逃的是小偷。」阿公用鼻孔大力呼氣，「他如果不跑，我就拿棍子打他！」

我心想，還是阿公比較勇猛，如果我遇見小偷，逃跑的人一定是我。

「我眼力還不錯，」阿公說：「那時廳堂沒什麼光，但我一見他逃跑的背影，就知道他是阿宗最小的兒子。」

阿宗應該就是牆上那位身著補丁褲子的農夫。

「阿宗是我們的遠親，他太寵最小的兒子，什麼都依他，結果長大不學好，偷到自己人的家裡。」

「都是認識的人，他怎麼還敢來這裡偷東西？」我好奇的問。

「他忘了。」阿公說：「這麼多年沒見，他忘了小時來過這裡，也忘了我認得他們全家人，我一喊名字，他就嚇住了。」

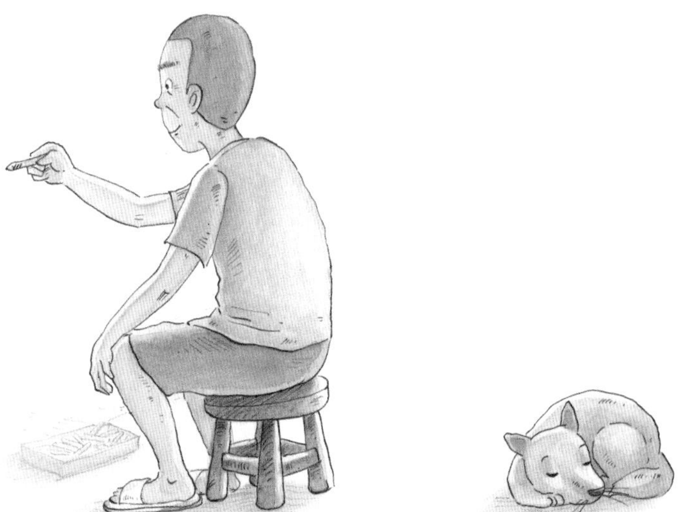

阿公還真是大膽，有些惡賊一見行蹤敗露，還會出手傷人。

「這個人還算有點良心，」阿公繼續說：「我見他停住，就打開電燈，指著他爸爸的像，告訴他爸爸是怎麼辛苦扶養他長大的。」

「哇！」我讚嘆著：「阿公你真好，還會教人感恩。」

「一等人忠臣、孝子！」阿公蹺起下巴說：「他一看爸爸的像，一聽我說以前的事，眼淚就掉了下來。」

「說不定他聽了你的話，就改過向善了呢。」

「希望吧……」阿公看著牆壁沉思一會兒，才不勝唏噓的說。

我望望牆上的人像，心想這太神奇了吧，情節宛如「梁上君子」的成語故事一樣。以後如果我成名，或當上偉人，我一定把這事情傳播出去，說不定可以創出新成語，讓阿公成為成語典故裡的主角，千古傳唱。

一想到這裡，自己都咧嘴笑了，原來牆上的畫像，除了能讓阿公解悶、回憶外，還有「教化人心」的功用，不過再仔細瞄了瞄壁畫，我發現有一處不大對勁，以前都沒留意到。

「阿公，怎麼這裡只有人名，沒有人像。」我指著牆上「吳棕琦」這個人名問。

阿公一向以觀察力佳自居，他說任何見過的人，他都能用筆勾勒出特點，但眼前這個案例，讓我猜想阿公是不是記憶力也退化了。

「我沒看過這個人，我只聽過這個人的名字。」

「怎麼可能？」我知道阿公對自己的親族最有情感，絕不可能漏看任何人。

「他是誰呀？」我問。

「他是我姊姊的孫子。」阿公說：「我姊姊幾十年前嫁到後龍去，從此就在那裡落地生根。」

「那她，」我小心翼翼的問：「那她還在那裡嗎？」

「早就走囉！」阿公坦然回答：「十多年前就過世了。」

「喔……」

「這個吳家一脈相傳，每一代只有一個男生，我姊姊的孫子是我特地打聽才知道名字的，

我從來沒見過他的面。」

「阿公，後龍是不是在苗栗？」

「嗯，」阿公點點頭說：「有點遠。」

我發現阿公每次在壁畫前，總是感慨萬千，感觸良多，這個沒有人像相襯的人名，一定讓他有相當的遺憾。

「阿公，」我突然喊起，這是我剛剛想到的好主意，我沒法忍住不說：「我們去後龍找這個人好不好？」

阿公楞了一下，連忙搖手說：「不要啦，太遠了，太麻煩了……」

平常粗聲粗氣，有話就直說的阿公，這時卻莫名的彆扭起來。

「沒關係的，很簡單的。」我趕緊安撫他：「坐火車去，一天就可以來回。」

我之所以那麼有把握，是因為上學期班上曾舉辦一次火車之旅戶外教學，我們全班從豐原坐火車到苗栗通霄，參觀完當地的海生館後，當天又搭火車回到豐原。

那次的戶外教學，老師事前宣布完參觀地點後就撒手不管，逼得我們趕緊上網了解火車路線、時刻、訂票及搭乘方式。那次的路線我印象深刻，我記得通霄過後再北上幾個站就是後龍了。

「阿公，」我胸有成竹的說：「我們後天，不，明天就可以了，我們明天就到後龍找人。」

「不用了吧……」阿公說。

見阿公一臉茫然的樣子，我更是意氣風發的挺起胸膛，向他保證使命必達。以往都是阿公牽著我的鼻子走，但如果要到苗栗，阿公的經驗可不及我那麼「新鮮」，被「欺壓」了那麼久，該是我揚眉吐氣的時候了。

11. 帶著阿公走

阿公平日總有他的主見，有時還把我當成小童工，強迫我做這做那的，但一聽要出遠門，卻沒了定見，接下來半天，他不停的喃喃說著：「太麻煩了，不要啦……」

「阿公，」我忍不住問：「你是不是沒坐過火車？」

「也不是啦，幾十年前我也曾去過後龍……」阿公的眼神變得不那麼清亮，他低聲說：「很遠呢……」

可是當我電話聯絡同學，詢問時刻表時，阿公卻好奇的坐在一旁聽我應答，我想，說不定他直嚷著「不要」的同時，或許心裡也有出外走走的念頭呢！

還有，我之所以那麼積極的幫阿公聯絡，另一個重要原因是，我想藉機到外頭透透氣，每天待在老屋裡人都快悶壞了。

第二天一早，阿公照舊要我早起掃街、澆菜，經過這一陣子的照護，阿公種在路樹下的葉菜，又是一片欣欣向榮。

用過早餐，我們準備出門，阿公先把我喚進房裡。

「幹嘛？」我問。

進到臥室，阿公指攤在床上的素面襯衫和深灰色長褲說：「幫我換一下衣服。」

「哇——」我發出驚嘆聲：「穿那麼漂亮喔？」

阿公顯得有點不好意思，「快啦，」他輕擺上石膏的右手，說：「快幫我穿上，出門就是要穿端莊一點，不要讓別人說我們是土里土氣的鄉下人。」

阿公平常都舊短褲配白汗衫，今天會刻意裝扮起來，正表示他也會在意某些事。

到苗栗的第一步，是搭客運到豐原，我們必須步行十餘分鐘到站牌搭車。行進時，為了怕小叔亂跑，阿公一路牽住他的手，邊走邊和

他講話。

土狗不知興奮個什麼勁，從出門就亦步亦趨的跟在後頭，但牠今天不能同行。

「回去，不要跟過來。」我扭頭對牠大喊，可是土狗仍緊緊跟著。

最後阿公從地上撿石頭朝牠仍去，土狗才夾著尾巴逃之夭夭。

「對付狗就是要這樣。」阿公表情冷漠的說。

我已相當了解土狗的「為人」，對牠倉皇逃去的糗樣只覺得好笑，沒有一絲的同情。

到豐原的車次算頻繁，我們很快招呼到一輛巴士，車資每人

三十九元。可能窗外景物熟悉，在客運車上，阿公依舊面無表情，反倒是小叔高興得直對窗外呵呵笑。

本來阿公不想帶小叔出門，但我堅持帶他出門走走，這次外出阿公似乎全都依我的，包括車資也是一樣。

剛剛等車時，我問阿公：「你身上有沒有帶錢？」

「有，」阿公掏出褲袋裡的兩個硬幣，說：「有六十元。」

我請阿公小心收回，那些錢連臺中都到不了，我慶幸已將爸爸給我的四千塊全數帶出來了。

接著在豐原火車站，我買了三張九點二十二分出發，可坐到

第二月台

彰化的電車車票，總價是一百四十一元。

找錢時，原本呆站後頭的阿公，突然拉起嗓門，像沒公德心的動物園遊客，對著被關在窗口裡的人喊著：「怎麼這麼貴？老人票及殘障票是半價，有沒有算到？」

裡頭的先生查明之後，瞪了我們好幾眼，因為我們沒有帶證件，根本不能優待。

阿公則氣呼呼的：「看我們的臉就知道，不是老的就是傻的，幹嘛要證件？」

為了怕丟臉，我趕緊推阿公和小叔去等車，車站候車的人並不多，阿公拉著小叔的手，在月臺上瞇眼瞧了

好久，才說：「沒有什麼改變。」

我聳聳肩，沒表示意見，阿公則無限感慨的說：「以前火車還可以到石角呢……」

我知道他還有很多古早事可以說，但沒辦法細聽了，因為火車來了。

我又趕著阿公和小叔，像玩「大風吹」遊戲一樣，爭先恐後的搶那車廂裡的座位。不過因為空位多，遊戲玩起來一點都不刺激，幾位乘客冷眼看我們像難民一樣的倉皇就座，心裡一定覺得我們祖孫三人莫名其妙。

火車一啟動，小叔又開心的看向窗外，因為搭乘的人不多，再加上座位都依靠在車廂兩旁，所以中

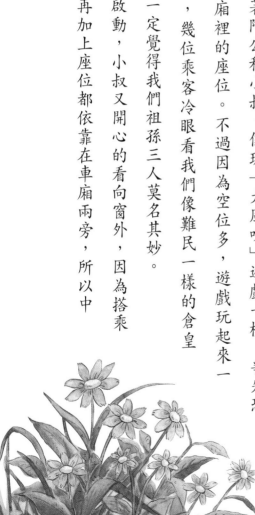

間處顯得相當寬敞。

「很舒適。」阿公一臉平靜的說：「很乾淨，又有冷氣，很舒適。」

不過等臺中站一到，眾多乘客擠到車廂裡，阿公臉上就沒那麼安詳了，他拘謹的縮在自己的座位上，似乎很不能適應這麼多的陌生人圍繞在他四周。

從豐原到彰化差不多四十分鐘車行時間，彰化是個繁忙的車站，因為山線、海線的鐵路匯集在這裡。我們從山線的豐原、臺中南下到

彰化，再來必須換搭海線的火車北上到後龍。

我在彰化站購買十一點十二分出發的電車，票價有點貴，每人一百一十一元。我沒有向阿公提起票價，因為又怕他扯起老臉，跟窗口裡一臉冰冷的售票員說，他都這麼老了，為什麼還不給他優待票？

離上車還有五十餘分鐘，我們坐在自動售票機前方的座位區候車。車站裡人來人往，人聲吵雜，而且個個行色匆匆，連對著售票機投幣買票的人，也是一臉焦躁。

阿公隨我的安排，認分的坐在位置上，有時看看左前方的剪票口，有時看看右方人進人出的便利商店及旅客服務中心，有時還轉頭確認我在不在身旁。

小叔則對售票機相當感興趣，那六部機器不停的閃亮數十個燈號，還「嘩啦！嘩啦！」的不斷吞吐硬幣，連我見了都覺得好奇。

我帶著小叔，實驗性的丟入兩個十元硬幣，下方一顆「大肚」站的燈號馬上亮起，不過比燈號閃滅更迅速的是，一位國中生模樣的男生，馬上移到我們的左方。

打從剛剛我就一直留意他，我發現只要有人對機器投幣，他就會依靠在機器左方，並低頭盯著退幣孔。

我大概知道他的意圖，忍不住，我小心的問：「你要硬幣嗎？」

　　男生並不答話，兩眼仍斜看下方，我近距離才看出，這個大概與我同高的男生，T恤圓領已髒污，趿著藍白拖鞋的腳趾也黑成一片。

　　最後我留了一個硬幣在退幣孔，我一作勢離開，男生馬上伸手搜走那十元。

　　我們老師說，車站裡可以遇見平常不易看到的人物，除了剛剛疑似逃家的少年，我還見到二、三十名可能是剛嫁來臺灣的外籍女子，在志工人員帶領

下，魚貫的通過剪票口；還有一位頭髮斑白的老媽媽，讓眼盲的中年兒子搭著手臂，兩人步履穩健的走出火車站；而售票口那邊更是擠了一堆東南亞的外籍人士，吱吱喳喳的似乎準備購票出遊……

除了這些，另有一位襯衫下襬外露，理著平頭，身材矮壯的中年男子，也引起我的注意。

他常把眼神瞥向別處，但我直覺認為他正在窺伺我們。

果然，過了一會兒，中年男子與一位警察過來。

「我們是警察。」中年男子向阿公表明身份，我發現他和另一位穿制服的警察，正好一左一右站在我們前方，擋住我們去路。

「什麼事？」阿公一臉困惑。

「你是不是詹阿義先生？」

「是。」阿公直接回答。

「這是你的兒子和孫子？」

「對，」我看到阿公的喉結上下滾動了一下，他壓低聲音問：

「有什麼事嗎？」

「我們找你們找了好久。」

「啊？」我和阿公同時發出疑問。

「先跟我到警察局再說。」理著平頭的警察望向我，他的眼睛小而空洞，讓人看不出他倒底在打什麼主意。

12. 爸爸來了

警察局在車站附近，我惶恐的不斷回想，除了在路旁種菜，我和阿公還犯了哪些過？

幸好警察先生都滿客氣的，他們安排我們就坐，還倒茶給我們喝。

簡單詢問完畢後，理平頭的警察要我先撥電

話給爸爸。

我打爸爸的手機，電話一通，爸爸就在那端喊了起來：「你們現在在哪裡？」

「在彰化火車站旁邊的警察局。」我小聲回答，像怕人知道我們做了哪些壞事。

「你們跑到彰化做什麼？」聽得出爸爸很焦急。

「阿公要去苗栗後龍找人，所以我們到彰化坐火車。」

「去那麼遠的地方幹嘛？」爸爸大聲埋怨著：「你們差一點就把我嚇死了。」

「怎麼會呢？」我問，我和阿公到現在仍不知發生了什麼大事。

「我還以為你們被歹徒綁走了呢！」

「怎麼可能？」我不可置信的說。

「怎麼不可能，」爸爸劈哩啪啦的說起來：「我早上接到一通勒索電話，說你在他們手上，我一開始不信，可是打電話到老屋沒人接，打你的手機又沒開機，我開車到石角做確認，結果又不見你們蹤影，問附近的人也都說不知道……」

「爸，」我無奈的說：「你平常不是教我遇到突發事情要冷靜的嗎？怎麼你自己會這樣……」

「哎呀，你先聽我說嘛！」爸爸又喊

著：「沒遇到過你不知道的，我那時多擔心啊，結果在慌亂的時候，歹徒又打電話過來，還放你的哭聲給我聽。」

「你有沒有馬上匯錢給他們？」我最在意的是這個。

「沒有！」爸爸的聲音變得更亢奮，「我才不會隨隨便便就匯錢，我馬上去派出所報警，還聯絡了好多人幫忙。」

聽得出爸爸並沒有因驚慌而昏了頭，「那現在呢？」我摸摸口袋裡的三張車票，問他：「那現在沒事了，我們可不可以再去坐火車？」

「不可以！」爸爸斬釘截鐵的說：「你們待在警察局裡

不要走，我開車過去接你們。」

「不坐可惜，」我抱怨著：「三百多塊耶。」

一說出票價，一旁的阿公立刻低聲罵著：「夭壽！怎麼現在坐火車要那麼貴！」

但爸爸才不管那幾百塊錢，他又喊著：「不要去坐火車，在那裡等我過去。」

「那我可不可以去退票？」

「不行！不要離開警察局，又不差那些錢！」說完，爸爸把電話掛了，聽他那氣急敗壞的語調，可想見他的確是受到了很大的驚嚇。

講完電話，理平頭的警察瞇起小眼睛，似笑非笑的看著我，「我剛剛在車站遇見你們，就趕緊先和你爸爸聯絡。」他說：「你爸爸還

真是神通廣大。」

我不明就裡的聳聳肩。

「為了打探到你們的行蹤，你爸爸拜託了議員還拜託了立委，我們中部這幾個縣市的派出所，都被他搞得緊張兮兮的。」

我呆呆的傻笑著，我很清楚當爸爸卯起來時，連家附近慈濟宮的媽祖可能都受不了他。

不到一小時的時間，爸爸就趕到，一路不停趕路的他，還設想周到提兩袋水果感謝警察先生。爸爸把我們「領」出來後，像怕再次弄丟似的，連忙把我們塞進車裡，準備直接運回石角。結果阿公在車上鬧彆

扭了。

「不要回去，都已經到彰化了，幹嘛那麼快就回去。」阿公吵著說。

「那要去哪裡？」爸爸又好氣又好笑：「難道還想再去火車站流浪？」

「爸，」我應該猜得出阿公在想什麼，我趕緊說：「我想帶阿公去苗栗。」

爸爸一聽就要反對，但見到阿公氣鼓鼓的模樣，馬上改口說：「好吧，那我載你們去。」

「不用了，」阿公竟馬上拒絕，他說：「我們自己坐火車去。」

爸爸有氣無力的說：「好，坐火車去，不過我要跟你們一起去。」爸爸一朝被蛇咬十年怕草繩，看樣子他今天想像強力黏膠一樣，黏附在我們身上了。

爸爸將車子停在火車站前的停車場，然後買了四張十一點五十三分，從彰化到後龍的莒光號車票。

「這樣要多少錢？」阿公又問。

「哎呀，不要管這個了，火車要來了。」爸爸避重就輕，領著我們穿過剪票口。

果然不到兩分鐘的時間，火車就來了，臨上車前，爸爸還在月臺中間的販賣部買了

四個便當和四瓶飲料。

在車上，小叔和我坐一起，吃完便當，小叔滿意的打起瞌睡，我則驚奇的看著窗外一支接著一支的白色大風車。火車過完「白沙屯」站後，海岸邊開始矗立一支支應是風力發電用的大風車，緩緩轉動的白色葉片，配合著碧海藍天的背景，我第一次見到這麼特殊的景致。

爸爸和阿公不斷在閒談，我聽不出他們在聊什麼。彰化到後龍的車行時間，大約是一小時十餘分鐘，車上吃個便當，再稍稍打個小盹，差不多就到了。

後龍站的月臺比平面道路高出許多，而且感覺風勢還不小。站

裡仍在修築，水泥牆塗得粗糙，上頭的鋼筋外露，有些區域還一片昏暗，我們像老鼠一樣，曲曲折折的跟著指示下樓梯、轉方向，最後來到車站的候車室。

「好小好古老的車站！」這是爸爸的第一印象，「你看，這木頭椅子的造型別地方看不到了，還有，窗戶和窗臺的樣式也好有古意。」

爸爸像土包子一樣的驚呼連連，不過我只關注阿公，我看著他，用我的眼神提出疑問：「然後呢？」

我們已到了車站，接下來該去哪裡？阿公說過，他姊姊家就在車站附近，可是附近這麼多民宅和店面，我們的目標是哪裡呢？

阿公走出車站大門，有點近鄉情怯似的環顧四周。

「有了。」阿公突然喊著，他拉起小叔走下臺階，筆直的朝車站右前方前進，他們的腳程很快，我和爸爸幾乎快跟不上。

阿公因為走得激動，臉稍稍脹紅了起來，呼吸也變得急促，他的正前方——在斑馬線的對面，有幾間店家，我猜不出目標是偏左的化妝品店或百貨服飾店，還是偏右的糖果食品店或銀樓？

過完紅綠燈，阿公並沒有進入我剛剛猜測的任何一家店，出乎意料的，他竟停在一家知名連鎖咖啡店的門廊。

「這是賣咖啡的是不是？」阿公問還在喘息的爸爸。

「沒有錯。」爸爸說。

「這要怎麼點？」阿公指指櫃臺七手八腳忙著打包、遞咖啡的服務人員，又指指左邊玻璃櫃裡數十種標著編號的蛋糕、甜點。

爸爸覺得新奇，他好事的問：「爸，你要喝咖啡是不是？」

「沒有我來這裡做什麼？」阿公瞪著爸爸，一副嗤之以鼻的模樣。

有爸爸隨侍在側，阿公可像老太爺一樣的享福，他撿了張空桌子來坐，爸爸趕緊到櫃臺點選咖啡和蛋糕。

「阿公，」我滿腹狐疑：「我們真的要在這裡喝咖啡？」

「奇怪，」阿公拉大嗓門：「你們怎麼都問這問題，來咖啡店當然就要喝咖啡，沒有你以為我要做什麼？買豬肉還是

買鹹菜？」

我吐吐舌頭，不敢再說什麼。

過了一會兒，一位三十多歲，將自己顏面打扮得光鮮的年輕人，特地為我們端來咖啡和蛋糕。可能阿公年紀大，而且帶著濃厚的莊稼人氣息，年輕人竟對阿公特別殷勤。

「阿公，」年輕人親切的招呼：「我特別把你的咖啡調得不會太甜，免得你覺得膩。」

「謝謝。」阿公開心回應，順手將咖啡拿起來喝。

「小心燙。」爸爸趕緊提醒，但阿公硬是吞了一大口。

「很好喝，謝謝你。」阿公抹抹嘴唇上的泡沫，笑咪咪的說：「你們店裡的生意很不錯。」

「還好，」年輕人謙虛的說：「還不會虧損就是了。」

「這樣的地方能開這樣的店，也滿有眼光的。」爸爸插嘴道，但仍擠不進阿公與年輕人的對話裡。

年輕人又與阿公閒談了幾句才離開。

阿公適應得很快，他馬上學起其他客人，神閒氣定的在自己位子上啜飲咖啡。爸爸對我說，阿公很能適應這樣現代化都會風格的咖啡店，就如同這樣的鄉下小鎮，滿能包容這麼新型式的連

鎖店入駐到它的地方。

我「唔唔」的對爸爸敷衍幾聲，我和小叔忙著吃蛋糕，根本沒空理會爸爸說什麼。這裡的蛋糕令人欲罷不能，我們倆吃完自己的那份之後，又一同瓜分了阿公的「提拉米蘇」。

我們在咖啡店待了三十餘分鐘，在這短暫時間裡，阿公不住的打量店裡的一切，還和那位服務過我們的年輕人又聊了幾句，接著阿公提議該離開了。

走出店門來到馬路邊，阿公又說：「我們回家吧。」

「阿公，」我忍不住問他：「你不是要找人嗎？不找了嗎？」

「已經見到了。」阿公臉上微帶笑意，像功德圓滿的老僧。

他邊走邊說：「就是剛剛和我談話的那個年輕人。」

CAFE

爸爸趕緊仔細聽我們對話，但一直融不進我們的話題，今天他都在狀況外。

「那張臉我一看就知道是他了，跟他的阿媽，也就是我姊還有幾分像。」阿公皺皺眉頭，接著說：「以前那間店面是賣米的，現在把它改成咖啡店也不錯，這個年輕人有長進，一定會成功的。」

「為什麼不跟他說你是誰？」我好奇的問。

「見到面就好了，也不用說什麼了……」

「這樣就可以了嗎？」我再一次確認。

「嗯。」阿公點點頭，他悠然的望向在階梯上的後龍車站，似乎已滿足今天這樣的安排。

13. 回宗

回程我們搭電車回彰化，海線的乘客不多，車廂裡氣氛較為悠閒，沿途我點數了一下，發現沿著海岸邊，竟有二十餘支風力發電的白色風車。

電車到了臺中大甲站，進來一位提著餅盒的老阿婆，她坐在我們對面，見到我們四

人表情各異的排排坐，忍不住向阿公攀談起來。

「這都是家裡的人？」阿婆問。

「兩個是我兒子，一個是我的孫子。」

「這麼好，有兒子、孫子陪你出來。」阿婆扯扯身旁的紅塑膠袋，說：「我一個人住，日子過得無聊，所以才特地從彰化坐火車到大甲買酥餅。」

然後阿婆很直接的指著睡倒在爸爸身上的小叔，說：「照顧他很辛苦喔。」

阿婆和其他人一樣，馬上能看出小叔異於常人之處。

「哎，也沒有什麼辛苦，」阿公豁達的說：「生都生了，還怕照顧他？」

「這樣想就對啦。」阿婆說。

……

阿公和阿婆閒話家常，內容平淡無奇，累了一天的爸爸，連想插話助興的念頭都沒有。

阿公這時不急躁，也不放大嗓音，他輕輕緩緩，平心靜氣的和阿婆東聊聊西聊聊——都是兩人家中瑣碎的小事，不知情的旁人乍聽之下，還以為他們是相知多年的朋友。

和阿婆在彰化站道別後，我們坐爸爸的車回石角，阿公在車上不多話，過一會兒就睡

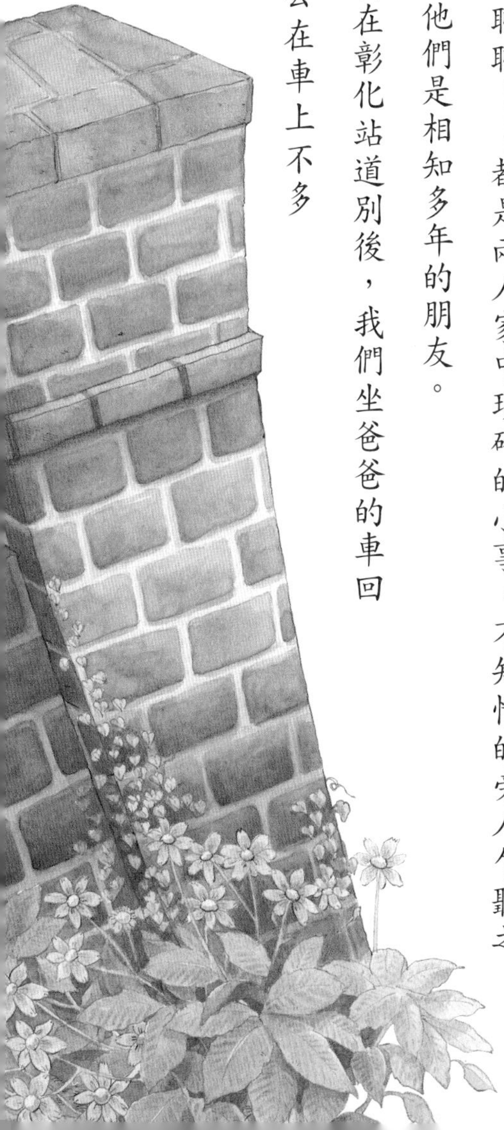

著了。

到了老屋，爸爸見任務圓滿達成，於是再驅車趕回豐原。

這時已經快六點，阿公要我快去準備晚餐，自己則點亮廳堂的電燈，拉張椅子坐在壁畫前。

等我喊他吃飯時，阿公已在「吳棕琦」三個字的旁邊畫上他的人像。

「很像呢。」我說。

人像戴著黑框眼鏡，梳著特別修剪的髮型，手上則捧著托盤，托盤上的咖啡杯還冒著熱氣，和下午所見相較，真的是每個特點都抓到了。

「嘿嘿。」阿公發出得意的笑聲。

我順著人像往上看，上方是他的父親、母親，再上方是祖父及祖母，祖母的右手邊，則繪有阿公的名字。經過一天的波折，阿公終於將他姊姊的子孫連貫到自己身上。

吃飯時，阿公仍心情愉快，連我偷塞肉塊給土狗吃，他都視而不見。

「今天這樣出去走很有意思，對不對？」我故意說，想博得他的認同。

「嗯。」阿公邊舀菜邊回應。

「本來你還想不去的。」

「嗯。」

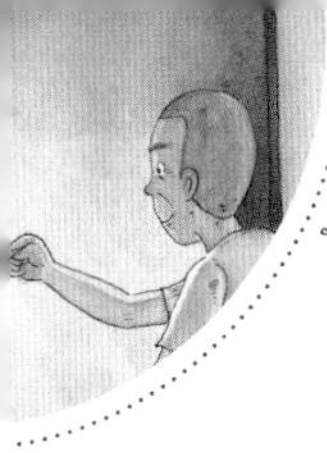

「有機會我們可以再出去。」我說。

「去哪裡啊？」阿公停住左手認真的問。

「看你啊，你想去哪裡就去哪裡。」

我並沒有說得很明確，因為學校快開學了，阿公的手也快好了，能和他再出遊的機會應該不多了吧。

第二天和往常一樣，我一早又被喚去掃地、澆菜。

等工作完成吃早餐時，阿公又開始在餐桌上向我談起陳年往事。我越來越確認，阿公準備讓我承接他一手繪出的「志業」。只是這任務太艱鉅，要我一下把那數十個活靈活現，像小精靈一樣的小人兒，全都擠進腦袋裡，這太強人所難了。

不過阿公今天的神情比較古怪，最後他忍不住的對我說：「跟你說一件我很少向別人提到的事。」

「什麼事？」我終於有點好奇了，我盯著阿公的眼睛看，期望他可以說出老屋的後方，其實藏有寶藏之類的大祕密。

「其實我阿公原本是姓李不姓詹。」阿公輕輕的說。

「怎麼了？」我有點失望了。

「我阿公是姓李的人家生的，因為李家很窮，所以將一個兒子——也就是我的阿公，送給詹家養。」

「然後呢。」

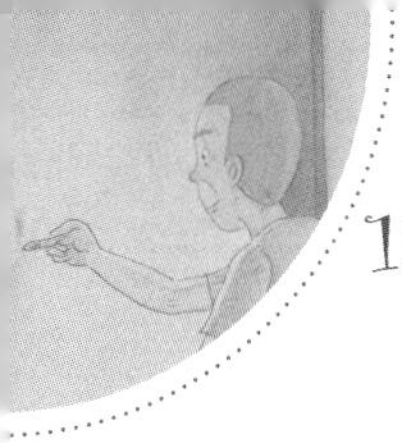

「所以我阿公的兄弟姊妹有姓李，也有姓詹……」

類似的故事我偶有聽聞，上課時老師也曾提過古早臺灣民間有入贅、童養媳等的習俗，不過之前是「講古」，現在聽自己的阿公這樣講，會覺得有些怪怪的，就好像突然被告知，我血管裡流的不是血液，而是奶油或是糖漿什麼的。

「所以，」我吞吞口水，說：「我其實是李家的子孫，不是詹家的。」

「你是詹家的子孫，這是一定的，不

要擔心。」阿公特別強調。

「不過我阿公那些姓李的兄弟，我倒是有點懷念他們。」阿公不勝唏噓的說：「小時常和他們見面，也曾到過他們家玩。」

「他們住在哪裡？」

「有幾位住在和平鄉，還有一位比較特別，住南投集集。」阿公說：「那些祖父輩現在都不在了，但是他們的晚輩大部分都還在。」

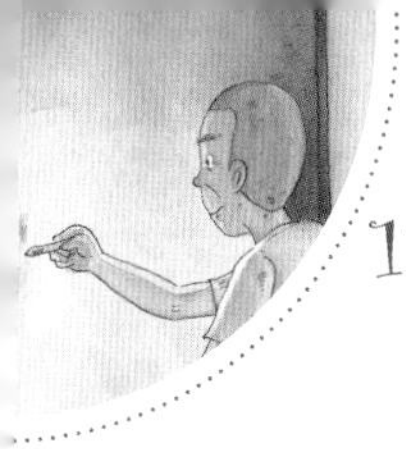

我聳聳肩，不知阿公為何提起這些。

「所以，」阿公說：「你今天再帶我去集集好了。」

「啊？」我一時還會意不過來。

「可以坐火車，然後再搭巴士或叫計程車什麼的。」

天啊，連這些都想好了，看樣子阿公是勢在必行了。

「走吧，那我們出門了。」

「什麼？現在就走？」我嘴巴張得大大的，心裡都還沒盤算好。

「對啊！」阿公凶巴巴的回問我：「不是現在，那要哪時？」

「好吧好吧……」情勢如此，我也只能全力配合了，我趕緊回房裡拿我的小錢

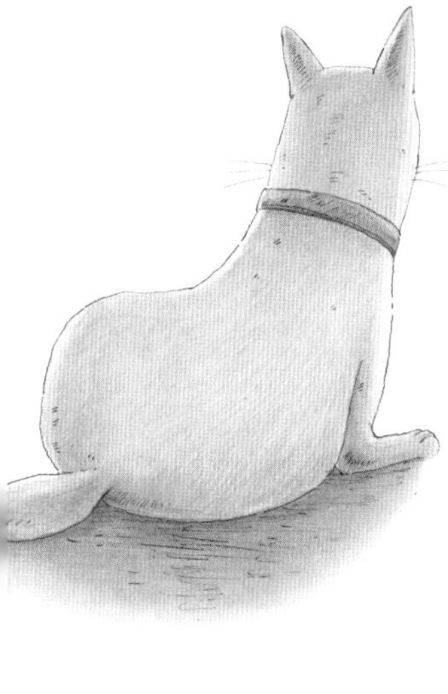

包，邊跑還邊問：「那小叔要不要去？」

「要——」

接著我又故意問：「那土狗呢？」

「不要讓牠跟，把牠趕出去——」阿公回應得明快又果決。

然後，我自背後聽到阿公喃喃說著：「阿公年紀大了，有時路怎麼走都不知道，你就帶著我走好了……」

不知怎麼的，一股被信任的感動充斥全身，我趕緊大喊：「阿公，你想去哪裡，我都跟著一起去。」

我振奮起精神，突然靈機一動的想到，其實我可以將牆壁上的人名鍵入電腦中，然後像畫一面蜘蛛網一樣的，把所有人的關連全部用線條連接起來。

至於阿公所畫的圖畫呢？——我也想到了，就借用同學的數位相機把它們拍攝起來，然後依樣畫葫蘆的重現在電腦中的人名旁吧。

這工作一樣艱鉅，但至少有機會將阿公的心血永久保存在我的電腦裡，我就帶著阿公先來進行這一項數位化的工作吧！

作者簡介

鄭丞鈞

臺中縣東勢鎮客家人，臺大歷史系畢業。臺東師院兒童文學研究所碩士。曾任兒童雜誌編輯，現為臺中市育仁小學教師。

曾獲第十屆臺灣省兒童文學創作獎，文建會第十四屆兒童文學創作獎，第十四屆及第十五屆九歌現代少兒文學獎。

因為一直沒辦法順利的「進化」成大人，所以小時候喜歡看故事書的習慣就一直延續到現在，寫故事是為了讓小時候的自己開心，不過也很希望其他的小朋友能跟著一起開心。

繪者簡介

貝果

居住在看得到101 Mall，嗅得到植物香氣的臺北近郊。時常在往返家中與咖啡館的路上欣賞沿著舊房舍生長的小花小草，而多繞了幾個巷口；屋簷上曬著溫煦陽光正在打哈欠的三色小貓、藏身公園祕密基地遊蕩嬉戲的小白小黃們，總是延緩著他的步伐，吸引他的目光。這些既陌生又熟悉的小身影也經常在他繪製的插圖中客串一角，調皮可愛的演出。現在，貝果正坐在桌前，看著綠意盎然的遠山，將生活中的美好事物一筆一筆的畫下來。

九歌現代少兒文學獎徵文辦法（摘要）

指導單位：行政院文化建設委員會
主辦單位：九歌文教基金會
協辦單位：九歌出版社有限公司

一、宗　旨：鼓勵作家創作少兒文學作品，以提升國內少兒文學水準，並提高少兒的鑑賞能力，啟發其創意，並培養青少年開闊的胸襟及視野，以及對社會人生之關懷。

二、獎　項：少年小說——適合十歲至十五歲兒童及少年閱讀，文字內容富趣味性，主要人物及情節以貼近少兒生活為宜。文長（含空白字元、標點符號）四萬至四萬五千字左右（超過即不予評選）。

三、獎　金：行政院文化建設委員會少兒文學特別獎：獎金二十萬元，獎牌一座。
評審獎——獎金十二萬元，獎牌一座。
推薦獎——獎金八萬元，獎牌一座。
榮譽獎若干名，獎金每名四萬元，獎牌一座。

四、應徵條件：

1、海內外華人均可參加，須以白話中文寫作。每人應徵作品以一篇為限。為鼓勵新人及更多作家創作，凡獲九歌現代少兒文學獎首獎者，三年內不得參加。

2、作品必須未在任何報刊發表或出版。（參加本會徵文未入選之作品，亦不得重複參加。）獲獎作品之出版權歸主辦單位所有。初版四千冊，不付版稅，再版時可支定價百分之八版稅。

五、評選：應徵作品經彌封後，即進行初審、複審、決審。評審委員於得獎名單揭曉時公布。

附記：本辦法為歷屆徵文辦法之摘要，每屆約於每年十月至翌年一月底收件，提供有志創作少兒文學者參考（所有規定，依各屆正式公布之徵文辦法為準）。

九歌少兒書房 161

帶著阿公走

著者　鄭丞鈞

繪圖　貝果

美術編輯　紀琇娟

發行人　蔡文甫

出版發行　九歌出版社有限公司
台北市105八德路3段12巷57弄40號
電話／02-25776564・傳真／02-25789205
郵政劃撥／0112295-1

九歌文學網　www.chiuko.com.tw

印刷　晨捷印製股份有限公司

法律顧問　龍躍天律師・蕭雄淋律師・董安丹律師

初版　2007（民國96）年7月10日

初版7印　2013（民國102）年6月

定價　230元　第41集　全套四冊920元

書號　0170156

ISBN　978-957-444-417-5

（缺頁、破損或裝訂錯誤，請寄回本公司更換）

國家圖書館出版品預行編目資料

帶著阿公走／鄭丞鈞著，貝果圖.--初版. -
-臺北市：九歌, 民96
面； 公分. -- (九歌少兒書房; 第41集
；161)

ISBN 978-957-444-417-5 (平裝)

859.6 96009976

九歌少兒書房